要塞都市アルカのキセキ

結晶世界のキズナ

蒼月海里

角川文庫
23224

Contents

Miracle Of
Fortress City
"ARCA".

登場人物紹介

イラスト／六七質

革命組織《アウローラ》

星晶石発電に頼らない世界を目指す組織。

ステラ
科学者。
研究のためなら
全てをなげうつ
研究オタク。

遊馬(ユマ)
普通の高校生男子。
父の遺した鉱石に
導かれ異世界へ。

レオン
皆から信頼される
カリスマ的リーダー。
両手で銃を扱うことが
できる。

シグルド
気だるげな二枚目。
家族思いの良き父。

ケビン
ハンサムだがお調子者。
気のいい青年。

スバル
ジャンクヤードに
迷い込んだ犬。

《グローリア》

元は星晶石鉱山を保有して開発を進めていた企業。
今では《アウローラ》と和解。

ミコト

虹色の瞳を持つ不思議な少年。
遊馬と同じく星晶石の塵の
影響を受けない。

オウル・クルーガー

社長。《グローリア》の
前社長の息子。

ロビン

治安維持部隊副隊長の女性。
ブレード使い。

ヤシロ・ユウナギ

マッドサイエンティスト。

星晶石《せいしょうせき》　謎の鉱石。巨大エネルギーの源。高次元に干渉し、あらゆる元素を取り込むことも放出することもできる。その塵は人体には有害。

要塞都市アルカ　星晶石を独占する資本家や管理者、研究者達がいる上層と、ホワイトカラーの中層、労働者達の下層に分かれた都市。結界というバリアにより、星晶石の塵から守られている。

ジャンクヤード　上層のゴミが捨てられる場所。

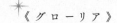

EPISODE 01
プリーステス・ユマ・リターンズ

その日は、やけに星が綺麗《きれい》だった。

都心の夜空は明るく、目を凝らしてようやく星を見つけられるくらいだ。雲が出ている日は、街灯が雲をぼんやりと照らし出す。

だが、遊馬《ゆま》が自室の窓から眺めている夜空には、雲一つなかった。

月すらも見当たらなかった。暗幕にただ、星々がきらめいているだけであった。

「遊馬、先に寝てるからね」

「うん、おやすみ」

部屋の扉越しに、母親の声が聞こえた。母との二人暮らしにもすっかり慣れてしまった。

「あなたも早く寝るのよ。夜更かしは身体によくないから」

「分かってるって」

心配性の母に、遊馬は苦笑を返す。

だが、しばしの沈黙の後、母は少しだけ思い詰めたように付け足した。

「あまり、勉強をし過ぎないでね。賢くあろうとするのは立派なことだけど、手が届かなくなってしまうのは寂しいし」

「……うん」

父親は優秀な研究者で、事故死してしまったとされている。母は喪失から立ち直ったかのように明るく振る舞っているが、内心では割り切れないのだろう。

「私はね、何事もほどほどでいいと思うの。手を伸ばせる範囲の人達を幸せにする力があれば、それで充分なんじゃないかって。みんながそんな力を持っていたら、みんなが幸せになれるじゃない」

「そう……かもね」

みんなが誰かのことを想っていたのに、幸せになれていなかった異世界の都市のことを思い出す。そして、自分達なりの幸せを手に入れようと、奮闘していた人達のことも。

「まあ、あなたの考えることに、母さんはあんまり口出ししないつもりだけどね。あなたは、あなたの幸せを摑《つか》んでね。無理して父さんみたいな科学者になる必要はないから」

「……」

母の励ましの言葉に、遊馬は何も答えられなかった。お互いに「おやすみ」と挨拶《あいさつ》を交わすと、母の足音は廊下の向こうへと消えて行った。

科学者だった父親を追うように、我武者羅《がむしゃら》に勉強しているとも思われたのだろうか。確かに、遊馬はこの世界に帰還してから、学校の勉強に没頭していた。短期間で一気に成績も上がった。

部屋の隅にある棚を見てみると、テレビゲームのソフトが押し込められていた。楽しみにしていた新作のゲームには手を付けていない。

そのゲームとは、核戦争で滅んだあとの世界を旅する物語で、廃墟《はいきょ》と荒野だらけの汚染された世界で逞《たくま》しく生きる人々が描かれているのだ。そのせいで、郷愁の念にも似た感情に駆られ、居ても立っても居られなくなってしまう。

だから、遊馬は勉強に逃げた。数字と化学式に没頭していれば、どうしようもない感情に心をかき乱されることはないから。

遊馬は再び、窓から星空を見上げた。

「みんな、元気かな」

何故か、星を見るたびに思い出す。数ヵ月前に出会った異世界の人々のことを。

星晶石《せいしょうせき》という鉱石の塵《ちり》に侵された世界で、要塞《ようさい》都市アルカは真っ二つに分断していた。

危険だと分かっていても恩恵の大きい星晶石を使う側と、星晶石に頼らずに生きようとする側である。前者は選ばれし者が富む構造を築き上げ、後者はそんな構造を壊して格差を是正しようとしていた。

優秀な人間がそれに見合った待遇を受けることを優先すべきか、皆で平等に資源を分け合うべきか、遊馬は結論を出すのが難しかった。

ニュースを見ると、世界各国で異なる主張がぶつかり合い、争いが起きているのが分かる。深く調べていけば行くほど、どちらの主張にも正しさがあるような気がしていた。

「僕は、辛《つら》い思いをする人が一人でも少ない方がいい。笑顔の人が一人でも増える方がいいんだ……」

遊馬は夜空から視線を外し、自室の机を見やる。

勉強机の上には、小説と漫画、そして分厚い専門書が積み上がっている。そして、異世界では星晶石と呼ばれ、この世界ではミラビリサイトと呼ばれる鉱物の欠片《かけら》が入った小瓶も。

小瓶の中のサンプルは父親が所属していた機関に預けようと思ったのだが、遊馬はどうしても踏み切れなかった。

父親との繋《つな》がりは、彼が遺《のこ》したメモがある。だが、異世界で出会った友人との繋がりは、小瓶と星晶石の欠片だけだった。

あれから、星晶石の欠片に変化はない。相変わらず、赤から橙、橙《だいだい》から黄色と、ゆるやかに変化する七色の輝きを放っているくらいである。

レオン達がどうしているか気になって、研究所跡の転移した場所に赴いたこともあった。

だが、何の変化もなかった。遊馬の力では、二つの世界を行き来出来ないらしい。

繋がりはあるのに、それは非常に不確かなもののように思えた。それが余計に、遊馬を不安にさせていた。

せめて、自分がいる世界とアルカが地続きであると確信出来れば、会えなくても確かな繋がりを感じられるのに。

「異世界って何なんだろう」

遊馬はあれから、異世界に関する本を読み耽《ふけ》っていた。主人公が異世界に行ってしまうという小説や漫画はいくらでもあった。

遊馬は机の方へと歩み寄ると、一番上に載っていた本をパラパラとめくった。

「ゲームや小説の世界に行く物語があったけど、それとは違うよね。事故死して転生する話もあるけど、どうして転生すると異世界に行くんだろう。そもそも、魂の定義って……？」

肉体が死ぬと、魂が別の肉体を得るという。それは主に仏教的な観念であり、遊馬も聞いたことがあった。

しかし、転生を成すには魂の存在が大前提になる。それを信じている人が少なくないことは知っていたが、遊馬は魂の存在に懐疑的であった。

「ステラの言ってたゴースト現象について、もっと聞いておけばよかった。あっちの世界では、魂とか幽霊の正体も明らかになってるんだろうなぁ……」

アルカがあった世界は、災厄のせいで文明が壊滅的になっていたが、元は科学が発達していたらしかった。

魂や幽霊の正体が分かり、こちらの世界で発見したばかりの星晶石を資源として使っている。もしかしたら、この世界の未来の姿かな、とも思った。

「でも、レオンは日本を知らなかったしな。そもそも、僕達が住む三次元は、時間の進み方が一方通行なはず。未来に行くのは可能だけど、過去に戻ることは出来ない」

遊馬は、机の上の分厚い本に視線を落とす。

「だけど、僕達が存在するのが三次元っていうのも、そもそも間違ってるかもしれないんだよね。今信じられていることも、天動説みたいに覆されることもあるかもしれないし」

そう考えると、どんなに本を読み漁《あさ》っても、得られるものがないかもしれない。レオン達と再会するのも、夢のまた夢かもしれない。

「いや、これでいいのかもしれないな……。僕達は元々、住む世界が違うし……」

それに、レオン達はやることが山積みなはずだ。今更、役目を終えた自分が行ってどうなるというのか。

「ん？　役目を、終えた？」

異界の巫女《みこ》が止める破壊の王というのは、本当に星晶石発電のプラントのことだったのだろうか。

帰還してから、ずっと心の奥で引っかかっていた。まだ、終わっていないという予感が渦巻き続けていたのだ。

「それに、この世界に戻った時にミコトの声が――」

「思い出してくれて嬉《うれ》しいよ」

第三者の声に、遊馬はぎょっとして振り返る。

星空を背にして、窓枠に腰掛ける少年がいた。その星晶石と同じ輝きの瞳《ひとみ》を、忘れるはずがない。

「ミコト……！　どうしてここに……!?」

「君達が空間で移動出来るのと同じように、僕は別の次元を移動出来るんだよ」

さらりと言ったミコトの手には、星晶石が入った小瓶が握られていた。先ほどまで、机の上にあったはずなのに。

「君は、何者なんだ……！」

「君達と異なる存在にして、君達と友になり、君達のようになりたい存在さ」

ミコトは静かに微笑む。穏やかで友好的な口調であったが、その本心は窺《うかが》い知れなかった。

「異なる存在って、異世界の住民ってこと……？」

「ある意味ではそうだけど、僕はレオン君達とも違う存在なんだ。だから、こんなことも出来る」

「異世界を、行き来出来る……」

遊馬は息を呑《の》む。

だが、ミコトは困ったように微笑んだ。

「ユマ君。君はまだ、異世界という認識のようだね」

「だって、そうとしか思えない。君は異世界じゃないようなことを言っていたから、未来の世界かとも思ったけど、未来から過去には戻れないようだし……」

「そうだね。時間軸が異なる世界は、同時に存在出来ない。過去に戻るのなら、全世界のエントロピーを逆行させるしかないし、そんな膨大なエネルギーの捻出《ねんしゅつ》は物理的に不可能だ。それに、自分だけが過去に戻るというよりも、世界を過去に戻すことになるだけだから、未来の世界は消滅してしまう」

ミコトが朗々と語る内容を遊馬は完全には理解出来なかったが、タイムトラベルという概念を否定されているということは分かった。

「じゃあ、アルカは一体……」

「君が参照した書物には書いていなかったのかな。この世界の科学でも、答えは出ているはずだけど」

「この世界にも、アルカがある世界が何なのか答えがある？」

「そう」

ミコトは頷《うなず》く。だが次の瞬間、彼からふと、表情が失《う》せた。

「ミコト？」

「……いや、大丈夫」

ミコトは表情を曇らせるものの、すぐに笑顔を取り繕った。

「時間がないようだね。君の力が必要なんだ。僕とともに、アルカに行こう」

「時間がない？　いや、それよりも僕は、また——」

アルカに行けるのか。

そう思うと、遊馬の胸が期待に躍る。あんなに過酷な世界なのに、たくさん危険な目にも遭ったのに、レオン達に会いたくて仕方がなかった。

「君が強く念じれば行けるよ。僕が導いてあげる」

ミコトはそっと手を差し伸べる。遊馬は彼に引き寄せられるように、少ない荷物を引っ掴《つか》み、ミコトの手を取ろうとした。

自分がいなくなってから、アルカはどうなっただろうか。

砲台を使って上空を舞う塵《ちり》の雲を吹き飛ばし、太陽が見られるようになっているのだろうか。

星晶石のプラントを停止させ、太陽光発電機を稼働させて、アルカの人々が手を取り合って、あの世界の復興に向けて歩もうとしているのだろうか。

遊馬は暗雲の下のアルカしか見たことがなかった。だから、太陽の光を浴びたアルカを見たかった。

そして、前を向いて歩むレオン達の姿も。

「それじゃあ、行こうか」

ミコトの声が頭の中に響く。

遊馬はミコトの手を取ったはずだったが、手の中には星晶石の小瓶が握られていた。

「えっ……？」

遊馬はミコトを探そうとする。

だが、あっという間に光に包まれて、視界は白く塗り潰《つぶ》されてしまった。

不確かな浮遊感に襲われたかと思うと、突如として足の裏に地面の感触が戻った。

埃《ほこり》っぽい空気が、鼻先をざらりと撫《な》でる。

東京の雑然とした空気とは全く違う。

再び、アルカにやってきたのだ。

遊馬はそう確信した。

アルカより帰還してから何度も夢に見た光景が、現実のものとなるのか。

青い空の下にそびえ、活気づいた要塞《ようさい》都市アルカの姿が。

「あ……れ……？」

だが、遊馬が期待していたアルカの姿は、そこにはなかった。

上空には暗雲が渦巻いており、空気は冷え切っていた。

青空もなければ活気もなく、町全体が沈黙しているようだった。

だが、堅牢《けんろう》な城壁に囲まれた要塞のような都市は、妙に明るかった。

かつては巨大なプラントが生み出した電気によって煌々《こうこう》と照らされていたのだが、
その光とは明らかに違う。

「なんだ……これは……」

城壁の中に建物がひしめき合い、鋼鉄のパンケーキさながらの都市からは、七色に輝く結晶が生えていた。巨大な結晶は都市を食い破るがごとく乱立しており、結晶の森が侵食しているようにも見えた。

遊馬は、目の前の状況が理解出来なかった。

ダイヤモンドよりも煌《きら》びやかに輝き、オパールよりも色とりどりに変化し、トルマリンよりも鮮やかな発色の結晶の正体は、明らかに星晶石だ。

人々に大きな恩恵をもたらす代わりに、塵が体内に入ると人々を侵食して食い破るという驚異の鉱物である。

使用にはリスクを伴うため、レオンが率いるアウローラは星晶石を使った発電をやめさせようとしていたのだが――。

「なんで、こんなことに……⁉」

遊馬は、自分を導いたミコトに問おうとする。しかし、ミコトの姿はなかった。

荒野にただ一人、遊馬はぽつんと取り残されていた。

「くそっ……！」

気がついた時には、走っていた。

アルカの城壁に駆け寄り、手を振ってみる。難民の監視役がいるはずなので、気付いてもらおうと思ったのだ。

だが、何の反応もない。

遊馬は記憶の糸をたぐり寄せながら、廃材で作られたバラックが放置されている場所へと向かう。

「あった！」

アルカの中に侵入するためのハッチは、相変わらず地面に張り付いていた。

遊馬は自らの身体を滑り込ませ、地下道を通って内部へと向かう。地下道の様子も、すっかり変わっていた。

「こんな状態じゃあ、ろくに使えないぞ……」

あちらこちらから、星晶石の結晶が生えているのだ。星晶石自体が発光するため、地下道はぼんやりと明るかった。

ゆっくりと七色に変化する地下道は、幻想的であったが不気味でもあった。得体のしれない存在の腹の中にいるような気持ちにもなった。

遊馬は、空気がひりついているのを感じる。自分は星晶石の塵を吸っても侵食されないようだが、念のため服の袖《そで》で鼻と口を覆った。

やがて、地下道が途切れて外界の光が遊馬を包む。

かつて、廃墟《はいきょ》やバラックが立ち並び、逞《たくま》しい鉱山労働者が暮らしていたジャンクヤードが遊馬を迎える――はずだった。

「誰も……いない……？」

遊馬は目の前に、生活の営みを感じなかった。

先の戦いで、アルカを支配するグローリアの社長・オウルの計略によって、ジャンクヤードは壊滅に陥った。それがそのまま、復興されていないのだ。

仮に、ジャンクヤードで暮らしていたレオン達が、環境が比較的整った中層で暮らせるようになったとしても、自分達が暮らしていた場所を荒れ果てたままにしておくはずがない。

ジャンクヤードの人々は、厳しい環境下に置かれていたけれど、人情味があった。もし、素晴らしい環境に身を置けることになったとしても、かつて自分が生きた場所を蔑《ないがし》ろにするわけがない。

「ということは、そんなことが出来ないほどの何かが……」

遊馬の足取りはおぼつかなかった。

一体、何があったというのか。

ジャンクヤードの瓦礫《がれき》の山からは、巨大な結晶の尖塔《せんとう》が突き出していた。それが中層を貫き、上層を食い破り、都市から突き出して見えたらしい。

あちらこちらから顔を出す結晶が、復興出来ないほどの何かに違いない。

でも、どうしてこうなったのか。そして、人々は何処に行ったのだろうか。

「あっ！」

遊馬は、結晶の近くに人影を見つけた。

「すいません！　何があったんですか！」

逸《はや》る気持ちを抑えきれず、遊馬は人影に向かって走り出した。一刻も早く、どうしてこんな異常事態が発生したのかを知りたかった。

だが、振り返った人影は、ほとんど人ではなかった。

「侵食者……！」

その人影は、頭や胸から星晶石の結晶を生やしていた。小さな星晶石は群晶となっていて、花が咲いているようにすら見えた。

星晶石に蝕《むしば》まれた者——侵食者。

人体ではおおよそ有り得ない角度で首を動かし、それに追従するかのように首から下を遊馬へと向けた。

顔面は細かい星晶石が覆ってしまい、表情はわからない。しかし、そんな状態にもかかわらず、遊馬に向かって一直線に走り出した。

「ひっ……！」

明らかに尋常でない様子に、遊馬は怯《ひる》む。

とっさに腕を構えてしまうが、魔法兵器《エーテル・ドライブ》は既に返却している。丸腰で侵食者の相手は出来ない。

「くそっ……！」

遊馬は身を翻し、逃げようとする。

だが、侵食者の速さは尋常ではない。ほとんど人体の原形を保っていないにもかかわらず、あっという間に追いついて、遊馬の肩を鷲掴《わしづか》み——。

「ユマ、伏せろ！」

聞き覚えがある声に背中を押され、言われるままに地に伏せる。

その頭上を、凄《すさ》まじい熱と閃光《せんこう》が過《よ》ぎり、侵食者を焼いた。

「——っ！」

侵食者は声にならない悲鳴をあげ、炎に巻かれて焼け崩れる。遊馬の肩に侵食者の右手だけが残ったが、それもずるりと地面に落ちて砕けた。

破片がダイヤモンドダストのようにキラキラと舞い、その向こうに声の主が立っていた。

「レオン……！」

遊馬は救世主の名を叫ぶ。

白いマフラーをなびかせた人物が、積み重なった瓦礫の上に威風堂々と佇《たたず》んでいる。

その両手には、二丁の厳《いか》つい銃が携えられている。防塵《ぼうじん》マスクをしているが、声と背格好は間違えようがなかった。

ずっと会いたかった相手が、目の前にいる。

「ユマ……」

夢でも見ているのではないかとすら思うが、彼の低い声が届くたびに震える鼓膜が、現実だと告げていた。

「どうして、お前がここに……」

レオンは瓦礫の上から飛び降りると、遊馬の目の前に着地する。

そして、無事を確かめるように、いや、その存在が現実のものであることを確認するように、遊馬の姿を頭から爪先まで眺めた。

「レオン達に会いたいと思っていたら、連れて来られて……。いや、むしろ、レオン達こそ、どうしてこんなことに⁉」

「お前の帰還を見送った後、アルカの中はゴタゴタしていた。段階的にプラントを停める計画をグローリアが打ち出したんだが、それに反対する連中がデモを起こしたり、そいつらを説得するために説明会を開いたり……。アルカが吹っ飛ぶ寸前まで行ったのに、未《いま》だに安全神話を信じている奴らがいたんだ。未曾有《みぞう》の事故が防げたのだから、次も大丈夫だろう、ってな」

「そんな……悠長なことを……」

「事故が起きないとわからない連中がいるんだな。事故が起きてからじゃ、遅いのに」

ゴーグル越しでも、レオンが遠い目をしているのが分かる。彼は、事故によって家族を奪われた側なのだ。

「それだけ、星晶石の発電が魅力的ってことだよね……。雇用を生んで安定性もあるし、星晶石を使った兵器のエーテル・ドライブだって強いし……。じゃあ、これはもしかして、その人達が……」

遊馬は、周辺を囲う結晶の柱を見やる。だが、レオンは首を横に振った。

「いいや。そいつらに気を取られていた或《あ》る日、突然生えてきた。そして、結界に守られていたはずの都市の中に、侵食者が溢《あふ》れるようになったんだ」

「なっ……！」

遊馬は息を呑《の》み、自分の足元に転がっている侵食者の欠片《かけら》に視線を落とす。

星晶石を含む隕石《いんせき》が大災害を起こした後、レオン達の世界は星晶石の塵《ちり》に汚染されていた。それらから逃れるために、彼らは星晶石の侵食を阻む結界の中で暮らしていたのだ。

だが、結界は外からの侵入を阻むものだった。内部に星晶石が出現しては、たまったものではない。

「中に星晶石の結晶が生えたってことは、今、アルカの中は……」

「星晶石の塵が漂っている。だから、俺達はこうして防塵マスクをしなきゃならない。特に、下層であるジャンクヤードはひどいもんだ」

レオンは吐き捨てるように言った。ジャンクヤードが放置されていたのは、暮らせるような状態ではなかったからだ。

遊馬はかける言葉を見つけようとしていたが、ふと、遠くでゆらゆらと動く人影に気付いてしまった。明らかに、侵食者の動きだ。

それも、一体ではない。彼らは緩慢な動きで、瓦礫と結晶だらけの土地を彷徨《さまよ》っていた。

レオンは片方の銃をホルスターに収めると、遊馬の手をしっかりと握る。

「行くぞ。俺がここに来たのは、下層の監視カメラにお前の姿があったからだ」

「そうなんだ。有り難う……！」

「別に、礼を言われるようなことじゃない」

レオンは、何ということもないように言った。わざわざ、危険地帯まで来てくれたというのに。

感謝の気持ちでいっぱいになる遊馬であったが、それと同時に後ろ髪も引かれた。

都市の中にいる侵食者を、そのままにしておいていいのだろうか。

「あの人達は……」

「あいつらは幾らでもやって来る。何処から来てるのかもわからないし、キリがないんだ」

都市を囲む城壁は相変わらず外界からの干渉を断っていたし、地下道が使われた形跡もほとんどなかった。外から来たわけではないのかもしれない。

結晶を生やした彼らが蠢《うごめ》くさまは、ゾンビ映画を彷彿《ほうふつ》とさせる。彼らの身体を依《よ》り代に咲いた結晶の花の美しさがまた、状況のグロテスクさを増していた。

「ステラ達は……？」

「中層に避難している。アウローラの連中は無事だ」

「そっか。よかった……」

「皮肉なもんだな。都市で一番危険な場所にいた連中は、危険な状況に慣れているから防塵マスクを持ち歩いていて、いち早く避難出来た。だが、そうでない連中も、大勢いた」

皮肉と言いつつも、レオンの声は沈んでいた。そうでなかった人達の痛みを、彼が知っているからだ。

それからレオンは、無言で遊馬を案内した。遊馬もまた、黙々とレオンの背中についていて行った。

どうやら、再会を喜んでいる余裕はなさそうだ。

鉛のような重々しい予感を胸に、遊馬は瓦礫《がれき》を踏みしめて進んだ。

レオンは侵食者の目をかいくぐり、中層への隠し階段へと向かった。レオン達がレジスタンスだった頃に作ったものだ。

どうやら、都市の中心にあるエレベーターは封鎖されているらしい。こんな非常事態にも隠し階段が役に立つとは、やはり皮肉が効いていると遊馬は思った。

寄せ集めの廃材で作られた階段をレオンに助けられながら上り、中層までやって来る。

中層は区画が整理されていて見慣れた町の雰囲気に近かったはずだが、やはり、面影が失われていた。

規則正しく建てられた家々は巨大な結晶に貫かれていたり、焼けて崩れていたりした。あちらこちらに破壊の爪痕《つめあと》が刻まれている中、レオンは倉庫のように巨大な建物へと向かった。

「あれは？」

「商業施設だ。物資が保管されているからな。避難先にもってこいだ」

「世界がゾンビで溢れたらホームセンターに避難するっていうやつ、理にかなっていたのか……」

遊馬は思わず呟《つぶや》く。すると、レオンは不思議そうに首を傾げた。

「僕の世界でも、こういうシチュエーションになる映画や漫画があるんだ。そんな時、商業施設に逃げ込むっていうのが王道のパターンだから」

「籠城《ろうじょう》するならば都合がいいしな」

レオンは建物の陰に隠れつつ、周囲を窺《うかが》ってから商業施設に駆け寄る。遊馬も、遅れぬようにと続いた。

商業施設の周りには、廃材で作られたと思《おぼ》しきバリケードが張られていた。有刺鉄線も相俟《あいま》って、物々しい状態だった。

あちらこちらに弾痕《だんこん》や、星晶石と思しき破片が散らばっている。ここで幾度にも亘《わた》って、侵食者との攻防があったのだろう。

「ここは、どれくらいの人が籠城しているの？」

「下層と中層の連中が、かなりいる。乳児やガキも多いし、長くはもたないな。そいつらのためにどうしようかと、模索していたところだ」

レオンは悔しげに呻《うめ》いた。

乳児や幼児にとって、栄養が摂《と》れないのは大人以上に危険だ。こんな状況だというのに、やはり彼は、弱者を優先にしているのだ。

「インフラはストップしてるし、食料を製造していたファクトリーも閉鎖している。当然、こんな状況じゃ、作物を育てるなんてもってのほかだ」

「ジリ貧ってことか……」

「ああ。そんな時、巫女《みこ》様が現れた」

巫女、という単語に、遊馬はぎょっとする。

「い、いや、この状況と僕は関係ないのでは……！」

「いいや、わからないぞ。破壊の王とやらは、まだ去っていないのかもしれない」

遊馬は否定するものの、レオンの言うことは一理あると思っていた。

予言にあった破壊の王とやらが、暴走したプラントだという確証もないし、今の状況こそまさに、破壊の過程ではないだろうか。

レオンは、商業施設の鍵《かぎ》を開けて裏口から入り、遊馬を入れたかと思うと厳重に施錠する。

「誰？」

鋭い声がした。

パッと照明がつき、辺りが明らかになる。遊馬達が入り込んだのは、従業員用の出入り口らしかった。

狭い廊下が続き、従業員用と思しきいくつかの扉があり、そこに、見覚えがある人影が身構えていた。

「ステラ！」

「ユマ⁉」

丸眼鏡をかけた美しい女性——ステラは、目を真ん丸に見開く。

「悪い。見張りがいる方から入りたかったんだが、混乱を避けるためにこちらから入らせてもらった」

レオンはそう言って、防塵《ぼうじん》マスクを取る。相変わらずの男前であったが、少しだけ、やつれたようであった。

「ど、どうも……、お久しぶり」

遊馬がぺこりと頭を下げるのと、ステラが彼をぺたぺたと触り出すのはほぼ同時だった。

「えっ、本物？ もしかして、ちゃんと元の世界に戻れなかった？」

「いや、ちゃんと元の世界に戻れたよ。その節は有り難う。でも、こっちに戻って来ちゃったけど……」

遊馬は、どんな顔をしたらいいかわからなかった。彼女らが自分を元の世界に戻すのに尽力してくれたにもかかわらず、再会を願ってしまった挙句、本当に戻って来てしまったのだから。

あいまいな愛想笑いを浮かべる遊馬であったが、ステラはパッと表情を輝かせる。

「なんと！ 異世界を往復して来たってわけね！ その時の状況を詳しく聞かせてくれる？ 星晶石の力で異世界に行けるなんて、あまりにも興味深すぎるしね！ というか、私も異世界に行ってみたいの！ キミの世界の鉱物も調べたいし！」

詰め寄って一気にまくし立てるステラに対して、遊馬は悲鳴をあげながらのけぞることしか出来なかった。

「ひぃぃっ！」

「ステラ、やめてやってくれ」

レオンが、ステラのことをやんわりと引き剝《は》がす。

「レオンは気にならないの？　異世界の農耕とか、作物とか！」

「気にはなるが、今はそれどころじゃない」

「はっ、そうだった。まずは無事に生き残ることが優先事項よね」

ステラはようやく、正気に戻る。

「しかし、異世界への行き方は気になるな」

レオンの呟きに、「でしょう？」とステラは再び目を輝かせる。

「単純な興味もあるが、それ以上に、移民という選択肢が生まれると思ってな。俺はこの世界にしがみつきたいが、そうじゃない奴らもいる。ここじゃ生きられなくても、ユマがいる世界に行けば、生きられる奴だっているかもしれない」

レオンは生き辛《づら》い弱者のことを想ってか、遠い目になった。

「確かに、僕達の世界は星晶石の侵食がないし、太陽も射している。科学技術はそっちの方が発達してるから、医療は心許《こころもと》ないかもしれないけど……。あと、身分証明が出来ない人は、家を借りたり土地を持ったり出来ないから不便、かな」

「やはり、平和な世界を保つためには管理社会になるってことか」

「管理社会……。まあ、そうか……」

遊馬自身はそこまで不便を感じたことがなかったが、無政府状態になった世界の人々にとっては窮屈かもしれない。なにせ、レオン達は一企業が都市を支配したり、下層の人間が勝手に難民を受け入れることが出来たりする世界の住民なのだ。

「まあ、移民についてはさておき。状況を整理する必要があるな」

「そうだね。レオン達は僕がどうしてここに来れたのか知りたいだろうし、僕もみんながどうしてこんな状況か知りたいから……」

話を戻すレオンに、遊馬は頷《うなず》く。

「そうと決まれば、会議室に行きましょうか。こんな状況でみんなも落ち込んでるし、ユマが来たと知れば喜ぶと思うの」

ステラは、何故か腕まくりをする。

「どうしてそんなに気合いを入れてるの……？」

「そりゃあ、巫女様再臨だからよ。とびっきり可愛くしてみんなにお披露目しなきゃ」

「可愛く……!? 僕はまた、巫女服を!?」

助けを求めるべく、レオンの方を見やる。だが、レオンも納得するように頷いていた。

「そうだな。混乱を避けるためにも、ユマには女性のふりをして貰《もら》った方がいいだろう。それに、巫女が再臨したとなれば、士気も上がる」

「ひぃ……！」

「巫女服はさすがに持ってきていないが、安心しろ。ここは商業施設だ。ウイッグくらいある」

レオンは、遊馬の肩にポンと手を乗せる。

「ユマが活躍した後、あの巫女服に似たデザインの服も売り出されたのよね」

ステラもまた、遊馬の反対側の肩に手を乗せる。

前門のレオンに後門のステラだ。もはや、逃げ道はない。

「お、お手柔らかにお願いします……」

遊馬はそう懇願するのが、精いっぱいだった。

「皆、聞いてくれ！」

レオンは会議室に入るなり、集まった一同に声を張りあげる。

「アルカが再び暗雲に覆われている時、俺達にまたもや光が射した！」

会議室内がざわめくのがわかる。

遊馬は、部屋の外でごくりと唾《つば》を呑《の》んだ。汗で手のひらがベタベタだ。

「ほら、頑張って！」

ステラが遊馬の背中を叩《たた》く。「ひぃ」と遊馬は小さな悲鳴をあげた。

「ステラは行かないの？」

「行くわよ。キミを押しながら」

ほら進んで、と言わんばかりに、ステラは遊馬の背中をグイグイと押す。

「ちょ、待って。スカートが足に絡まる……！」

遊馬は久々のスカートに足を取られてしまうが、会議室内では話がどんどん進んでいた。

「その光を皆にも改めて紹介しよう。入ってきてくれ、ユマ」

遊馬の名が出た瞬間、ステラが最後の一押しをする。

遊馬はスカートを摘《つ》まんだまま、よろよろと会議室に足を踏み入れた。

「ど、どうも……」

「ユマだ！」

真っ先に声を張りあげたのは、ケビンだった。

相変わらずの金髪でハンサム顔であったが、着ている服は作業着ではなかった。商売人らしいスーツ姿で、多少汚れているのは侵食者との戦いのせいだろうか。

「ケビン、みんな……」

シグルドやビアンカ、他にも、見知った鉱山労働者達がいた。

遊馬は涙が溢《あふ》れそうになってしまう。ほんの少し離れただけなのに、そして、ほんの少し一緒にいただけなのに、何年かぶりに旧友と再会したかのようだった。

「ここにいるのは避難民全員じゃない。防衛が出来る連中だ」

レオンはそう付け加える。確かに、シグルドの家族は見当たらなかったし、遊馬にとって見知らぬ人々もいた。きっと、彼らは中層の人々なのだろう。

「ユマ、どうしてここに⁉ まさか還《かえ》れなかったとか……！」

ケビンは腰掛けていた椅子から立ち上がり、遊馬のもとに駆け寄る。

「ううん。一度は還れたんだけどね」

「それじゃあ、まさか俺に会いに……⁉」

ケビンはハッとして、慌てて着衣を整える。

「え、いや、その……」

否定し難《にく》いな、と遊馬が思っていると、シグルドが後ろからやってきて、ケビンの肩を叩いた。

「そんなわけないだろう。なんか、不測の事態があったっぽいな」

「おっしゃるとおりで……」

遊馬はシグルドに感謝しつつ、頷いた。

「還る方法は？」

ステラはひょっこりと割り込む。

「わからない、かな。例の装置が使えるといいんだけど……」

例の装置とは、かつて遊馬が事故で転移した際、帰還する時に使ったグローリア本社が保有するプラントの装置だ。

だが、レオンとステラ達は顔を見合わせる。

「……そろそろ、お互いの状況説明に入るべきだろうな」

レオンは遊馬と皆に、席に着くように促す。

「ユマ、お前はどうやってここに来た？」

「えっと、ミコトが連れて来てくれたんだと思う。僕が坑道で会った、不思議な男の子」

遊馬はレオン達に、アルカまで来た経緯を説明する。だが、皆、怪訝《けげん》な顔をするだけであった。

「アルカにいた人間が、ユマの世界に？」

「うん。てっきり、グローリアのシステムを使って転移したのかと思ったけど」

「そんな話は聞いていない。そもそも、そいつとヤシロ・ユウナギが行方不明なんだ」

レオンの説明に、遊馬は目を丸くした。

「行方不明……？　でも、僕は確かに……」

ミコトに出会った。瞳《ひとみ》の独特の輝きも、静かな声も、彼のものであった。

「私達が知らない装置があるのかしら。それとも……」

ステラは眉間《みけん》を揉《も》む。

「片割れだけというのも気になるな。それで、ミコトはどうしたんだ？」

レオンの問いかけに、遊馬は困ったように唸《うな》った。

「それが、分からないんだ。こっちに来たら、僕だけになってて」

「ますます不可解だな。転移先の到着地点はバラバラなのか？」

レオンはステラに振るが、ステラは首を傾げるだけであった。

「いや、ぜんぜんわかんない。そもそも、事例がないもの。っていうか、私達もユマの世界にノーリスクで行けるなら、本っ気で行きたいんだけど……！」

「鉱物の調査は、アルカを復興してからにしてくれ」

レオンがそう言うと、「ぐぬぬ」とステラは唸る。

「叶《かな》うことならサンプルを沢山持ち帰って、舐《な》めまわすように観察したいのよね……！　異世界の鉱物の薄片を作って、一日中、顕微鏡で眺めているのよ……」

ステラは、完全に夢想の世界に突入していた。レオンはそんな彼女から静かに目をそらし、遊馬に向き直る。

「お前がこちらに来た時の状況も奇妙だな。そのミコトっていう奴の手を取ろうとしたら、転移が始まったんだろ？」

「うん。高濃度の星晶石が漂っていたわけじゃないし、装置を使ったわけじゃない。まるで、ミコトが星晶石の力を自在に操ってるみたいだった」

レオンがいる世界の人々の人生を狂わせてきた星晶石を自在に操るなんてとんでもない話であったが、遊馬にはそうとしか思えなかった。あまりにも、ミコトと星晶石の関係は密接に感じられた。

「そんな力があるなら、プラントの事故が発生しそうな時にどうにか出来たはずだ」

レオンは、吐き捨てるように言った。ケビン達もまた、考え込むように腕を組みながら、レオンに頷《うなず》いた。

「でも、こちらに手を貸すつもりがなかったのかもしれないわね」

現実に戻ってきたステラは、急に真顔になってそう言った。

「どういうことだ？」とレオンが問う。

「ミコトって子が、ユウナギ所長と一緒だったのが気になってるの。ユウナギ所長は研究にしか興味がない人だし、ミコトも同類なのかも……」

「じゃあ、連中が高みの見物をしているところで、俺達はあくせくしているってことか」

レオンは露骨に顔をしかめた。

「高みの見物くらいなら可愛い方ね。彼らの目的は、もっと別にあるのかもしれない」

「どんな目的が？」

「私と同じ石マニアのことなら分かるんだけど、それ以外のことはお手上げね」

両手をひらりと上げるステラに、「それもどうかと思うけど……」と遊馬は控えめにツッコミを入れた。

「どちらにせよ、引き続き、注意しつつ捜索ってところだな。その辺は、グローリアの治安維持部隊がやっているだろうが……」

「そう言えば、グローリアはどうしているの？」

遊馬がレオンに問う。

「お前の事情は聞いたところだし、こっちの説明もすべきだな」

レオンは、ステラやケビン達と顔を見合わせると頷いた。

「結論から言うと、共同戦線を張っていたグローリアとは連絡がつかなくなった。上層にも侵食者はいるし、プラントが破壊されては危険だ。だから、俺達が上層に行くことになった」

「なっ……！」

遊馬は思わず、言葉を詰まらせた。グローリアにはロビンを始めとする治安維持部隊もいるし、設備も充実していたはずだ。

「グローリアに、一体なにが……」

「わからん。通信機器がイカれただけならいいんだけどな」

シグルドが顎鬚《あごひげ》をさすりながら、会話に入った。

「ここで避難民を守るチームと、上層に行くチームに分かれなくちゃいけないが、分隊を作るには戦力が心許《こころもと》ないってところで、巫女《みこ》様が来たわけだ」

「な、なるほど⁉」

ニヤリと微笑む二枚目を前に、遊馬の声が裏返る。

ミコトが助けて欲しいというのは、これのことだろうか。レオン達を助けるために、自分は呼ばれたのだろうか。

「ユマはエーテル・ドライブを扱った実戦が出来るし、星晶石の影響もない。だから、俺とともに上層に来て欲しいところだが――」

レオンの灰色の瞳が、遊馬を見つめる。その視線は、心配しているようですらあった。

「ただ、危険に巻き込むことになるしな。今回は、プラントに到達したからと言って、すぐに帰れるとも限らない。安全とは言えないが、ここで待機していた方が幾分かはマシだ」

確かに、いくら星晶石の影響を受けないとはいえ、侵食者が襲ってきたら話は別だ。暴力を振るわれれば怪我もする。

ならば、バリケードも設置されている商業施設に引き籠《こも》り、事態が好転するまで待つのが安全かもしれない。プラントを使った転移がすぐに叶わないのなら、尚更《なおさら》だ。

だが、気づいた時には、遊馬は首を横に振っていた。

「僕も行くよ」

「いいのか？」

「うん」

遊馬は頷く。

「分かっているとは思うが、危険だぞ。確かに、お前が来てくれた方が助かるが、お前が無事なのが一番だ」

レオンの、巻き込むことへの罪悪感が伝わってくる。だからこそ、遊馬は「大丈夫」と言った。

本当は、大丈夫ではなかった。侵食者は恐ろしいし、戦うのも怖い。

だが、それ以上に、遊馬はレオン達の役に立ちたかった。自分に出来ることがあるなら、どんなに危険でも引き受けたかった。

だが、無謀なことはしたくない。そこに信頼があるからこそ、遊馬は積極的になれた。

「だって、レオンも一緒でしょう？」

「……そうだな」

遊馬とレオンは見つめ合うと、深く頷き合った。

その間を、「私もいるわよ！」とステラが割って入る。

「えっ、ステラも？」

「ええ。私は、中層で発生した侵食者のサンプルを入手するためにここに来たところだったの。サンプルがちゃんと手に入ったし、研究所でみんなと合流したくて」

「グローリアが兵器の研究をやめたから復帰したんだっけ」

「そういうこと。本当は、星晶石の安全性を高めるための研究をするはずだったんだけど、侵食者が増えてるしね。そっちの対策を優先してるわけ」

ステラは深い溜息《ためいき》を吐く。

「侵食者が、増えてる……？」

遊馬は、聞き捨てならない言葉を拾う。

「ええ。星晶石の塵《ちり》が結界内に漂っているせいで、防塵《ぼうじん》マスクがなかった人は侵食者化してるの。それを食い止めるための治療法を確立すべく、試行錯誤してるんだけど成果は少しずつ出ているものの、侵食者の増加の方が早いという。

「……」

「それに、侵食者に襲われると侵食されることもある」

レオンが、苦虫を噛《か》み潰《つぶ》したような顔で言った。

「正確には、侵食者に傷を負わされたり、傷口が開いた状態で侵食者に接した時にリスクが高くなるのよね。侵食者は、常に星晶石の塵を放出しているような状態だし」

とステラが付け足す。

「侵食者が放出した塵を体内に取り込むと、自分も侵食者になっちゃうっていう……」

「そういうこと」

ステラは困った顔で頷いた。

確かに、シグルド達は分厚い革のプロテクターで身体を覆っていた。レオンは比較的軽装だが、それは彼が基本的に銃で戦い、侵食者に接近しないためだろう。

ますます、ゾンビ映画のようだと遊馬は思う。ならば尚更、ゾンビに噛まれても平気な自分が危険な場所へと赴くべきだと決意した。

「昔は、本社で侵食の治療薬を開発していたみたいだけどね。なかなか成果が上がらなくて、オウルの代で予算をほとんど打ち切っちゃって」

「治療薬なんて作ってたんだ……」

「ええ。でも、その研究に携わっていたメンバーの話を聞く限りだと、本当に実現が難しくて、研究があまり進まなかったみたい。オウルは兵器事業をやりたかったから、研究チームを本社からアルカの僻地《へきち》にある旧研究所に追い出したのよ」

アルカの片隅にグローリアが保有する古い研究所があり、それが旧研究所と呼ばれていたそうだ。設備が古くて解体する予定であったが、うだつの上がらないチームはそこに押し込められたのだ。

「優秀なメンバーばかりだったから、オウルも兵器事業に携わるのを条件に本社に呼び戻してたんだけどね。研究員のほとんどはそれで戻ったけど、その時の所長だけは戻らなかったの」

前の所長が戻らなかったため、副所長だったヤシロが所長に繰り上がったという。

「そんなことがあったんだ……。その前所長は、どうなったの？」

「今も旧研究所で治療薬の研究をしているって聞いたけど、どうなってることやら……。あんな研究、古い設備で、しかも一人で出来るようなものじゃないし……」

兵器事業が廃止になり、ヤシロも行方不明になり、ステラと本社の研究者達は前所長を連れ戻そうとしたのだが、その矢先に今回の事件が発生したらしい。

「前所長のノウハウがあれば、治療薬も作れるかな」

「どうかな。あれは、よっぽど奇想天外な発想の持ち主がいない限り進展しないんじゃないかしら」

ステラは珍しく弱気だった。それだけ、困難な研究なのだろう。

「今必要なのは、侵食を食い止める方法ね。応急処置として晶石化した部位を切断する手段を取っているけど、あまりにも負担が大き過ぎるもの」

「それは……そうだね……」

話を聞くだけで四肢が痛い。アルカはただでさえ過酷な世界なのに、身体の一部が欠けたら、余計に生きるのが困難になるだろう。

少しでもリスクを減らすためにも、一刻も早く、優秀な研究者の一人であるステラを上層の研究所に送り届けなくてはいけない。

遊馬は、決心を固める。

「ユマが行くなら、俺も行くよ。俺もユマを守るんだ!」

ケビンは親指を立て、意気揚々と宣言する。

だが、その首根っこをシグルドに摘《つ》まれた。

「駄目だ。お前はこっちで見張りをやってくれ。お前は目がいいんだから」

「ひぃーん! せっかく再会出来たのに、もう離れ離れなんて嫌だー!」

ケビンは手足をばたつかせて駄々をこねる。シグルドは苦笑し、レオンは困ったように天を仰いだ。

「えっと、ケビン」

遊馬は立ち上がり、駄々っ子状態のケビンの手を取る。

「僕は僕の力が活《い》かせるところで頑張るから、ケビンも頑張って。見張りの役って、みんなを守るためにも大事だしさ。僕も、ケビンにみんなを守って欲しい」

「ユマ……」

遊馬に諭されたケビンは、ピンと背筋を伸ばし、きりりと表情を引き締めた。

「任せてくれ。このケビン、君とみんなのために、侵食者を一体たりとも見逃さずに見張るぜ」

「おおー、やるなぁ」

先ほどまでの駄々っ子とは思えないほどの勇敢な姿になったケビンを見て、シグルドは感嘆の声をあげる。

「巫女《みこ》様はなかなか男の扱いに慣れていらっしゃる。正に、『魔性の巫女』だな」

「ええー……」

謎過ぎる二つ名がついてしまった遊馬は、遠い目になる。

「いやいや、助かるよ。本当に、いいタイミングで来て、士気を上げてくれるぜ」

「やっぱり、救世の巫女様だよな。ずっとこっちにいて欲しいくらいだけど危険だから、普段は平和な世界にいるのかな」

ケビンは首を傾げる。

その発想は、遊馬にはなかった。救世の巫女ありきだと、ケビンの仮説も理にかなっているように思えた。

だが、それ以上に、遊馬は何かに強く引かれているように思えた。自分をいきなり転送したミコトの存在もそうだが、遊馬はこの世界でやり残したことがあるように感じていたのだ。

飽くまでも、それは予感であったが。

「因《ちな》みに、この服は俺のアイディアなんだ」

ケビンはいきなり話題を切り替え、遊馬の服を指さした。

遊馬は今、前回着た巫女服を模したワンピースを纏《まと》っている。前回着た巫女服は古い民族衣装だったため、布が重く、あちらこちらに綻《ほころ》びがあったが、今着ている服は、そんなことはない。

布も軽く着やすくて、量産に適した簡略化したデザインであった。

「えっ、ケビンのアイディアなの⁉」

「そう。あれから中層のデザイナーと交流する機会があってさ。アルカを統一した救世の巫女ファッションは絶対に流行《はや》るって推しまくったんだ」

「ははは……、左様でゴザイマスカ……」

余計なことを、という言葉は何とか呑《の》み込んだ。やはりスカート姿は不本意だし、男だということを暴露して普段着のままでいたかったのだが。

「こんなことにならなかったら、ユマTも作る予定だったんだけどな」

ケビンは悩ましげに溜息《ためいき》を吐く。

「待って。ユマTってなに？」

「ユマの顔がプリントされているTシャツだよ。工場で量産するには、工場を保有している会社の企画会議に通す必要があったんだけどさ。この騒ぎのせいで、企画会議自体がなくなっちゃって」

「そ、そっか……」

不幸中の幸いだ、と遊馬は冷や汗をかきつつ思った。異世界で自分の顔がプリントされたTシャツなんて販売された暁には、恥ずかしさが天元突破して生きた心地がしないだろう。

「ユマ饅頭《まんじゅう》はあるけどな」

さらりとレオンが言った。

「えっ？　今、なんて？」

「ユマ饅頭だ。ビアンカの弟が就職した先で作ってる」

それを聞いた遊馬は、ひん剝《む》いた目をビアンカの方へと向ける。すると、ビアンカはニッと歯を見せて笑った。

「お陰様で、うちの弟は上層の病院で治療を受けられてね。薬を貰《もら》ったから、なんとか働けるようになったんだ」

ビアンカが通っていた密造酒の居酒屋も、中層で店を出すことになったらしい。そこに、ビアンカの弟が就職したという。

「あいつは料理が好きだから、厨房《ちゅうぼう》に入れて喜んでたよ。アルカを一つにしてくれたアンタへの感謝の印として、アンタの顔を刻印した饅頭を作ったのさ」

「そ、そうなんだ……。それはヨカッタ……」

ビアンカの善良な笑みを前に、遊馬はそっと目をそらした。自分の顔の刻印さえなければ、素直にいい話だったのだが。

「ユマ饅頭美味《おい》しいわよね。肉汁がジューシーなの」

「へ、へぇ……」

ステラいわく、中には肉が詰まっているという。どうやら、肉まん的なものらしい。

「レオンも、干し肉じゃなくてユマ饅頭を食べるようになったしね」

「あれは腹持ちがいいしな。大きさも携帯性に優れている。ただ、日持ちしないのが残念なところだが」

「レオンまで⁉」

遊馬の脳裏に、自分の顔が刻印された肉まんに、豪快に齧《かじ》り付くレオンの姿が過《よ》ぎる。

「俺は食べるのが勿体《もったい》なくてさ。ついつい取っておいたら、酸っぱいにおいがし始めて……」

「いや、早く食べてよ！」

しみじみと語るケビンに、ツッコミを入れずにはいられなかった。

「ああ、慌てて食べたよ。しばらくトイレにこもることになったけど。危なく無駄にするところだった……」

「いや、手遅れだし！　そんな命がけのSDGｓはやめて！」

フードロスをなくしても、我が身を犠牲にしては意味がない。

「この場になくて残念だよ。アンタには食べてもらいたかったのに」

申し訳なさそうなビアンカに、遊馬は首を横に振った。

自分の顔がついている肉まんを食べるなんて気まず過ぎる。ジューシーな肉まんなら、無地のものを頂きたい。

「新たな救世の巫女グッズを出すべく、状況を打開しないとな！」

ケビンの士気がみるみる上がる。遊馬の士気は、みるみる下がった。

「自分の顔が勝手にグッズ化されるのは、肖像権の侵害……？　いや、僕の世界の法律なんて関係ないのか……」

アルカの世界は無政府状態なので、当然、法律も何もないだろう。都市で自治をしているレベルだし、彼らが是とすればまかり通ってしまう。

異世界と交流することの恐ろしさを妙なところで実感していた遊馬であったが、「そうだ」とステラが手を叩《たた》いたところで我に返った。

「これ、ユマに渡しておくね」

ステラは腕にはめていたバングルを外すと、遊馬に手渡す。ごつい装置がついたそれは、かつて遊馬が使っていたエーテル・ドライブだった。

「ステラが使っていたんだね」

「ええ。ユマ向けに調整したから、成人男性だと入らないみたいなの。だから、私が使ってたってわけ」

「そうなんだ……」

遊馬は、自分の細い手首にはめながら、複雑な気持ちになっていた。確かに、レオンやシグルドのようにしっかりとした身体つきの男性の腕には小さいだろう。

「でも、ステラも来るのに、ステラはつけなくていいの？」

「私は、守るよりも攻める方が向いてるのよ。敵が来る前に蹴散《けち》らせないともどかしくて」

「まあ、バズーカ砲を持ってたくらいだしね……」

「私はあんまり活《い》かせなかったけど、ユマなら上手《うま》く使ってくれると思って。性格的にも、防御向けだし」

「うーん。そうなのかな」

だが、自分で切り開くよりも、切り開こうとしている人を助ける方が、遊馬もやりやすかった。

「頼んだぞ」

レオンの大きな手が、遊馬の肩に乗る。温かくもしっかりした手のひらに、遊馬は頷《うなず》いた。

「うん。こちらこそ、よろしく」

遊馬はレオンやステラ達、そして、エーテル・ドライブに向かってそう言った。

冒険が再び始まる。

レオン達を助けることが最優先だが、ミコトのことも探さなくては。彼の真意を、まだ聞いていない。

それに、遊馬の胸の中には、ある予感が渦巻いていた。この先に、心の中でずっと探していたものがあるかもしれないと。

上層へ行くには、都市の中央にあるエレベーターを使うらしい。星晶石の塵《ちり》の濃度が高い下層は閉鎖されていたが、中層からは関係者であれば利用出来るという。

「来たばかりなのに、すまないな」

商業施設の廊下を歩きながら、レオンが言う。

「ううん。僕も一刻も早く、なんとかしたいし」

遊馬は首を横に振った。

「私達は巫女《みこ》様を働かせすぎよね。お給料でも払えれば良かったけど、ここの通貨はキミの世界じゃ使えないだろうし」

ステラは申し訳なさそうに肩を竦《すく》める。

「通貨なんてあったんだね」

「アルカ内でしか使えないけどね。グローリア社が鉱山街用に発行していた通貨があったから、それを使い続けているわけ」

そんな話をしていると、「巫女さまだ！」と聞き覚えがある声がした。

「えっ、この声は……」

遊馬が振り返ると、廊下の向こうから、少年と少女が駆けてくるではないか。シグルドに連れられた彼らに、見覚えがあった。

「ジョン、ジェシカ！」

シグルドの息子と娘だ。

「悪いね、巫女さん。うちの子どもが会いたいって聞かなくて」

シグルドは苦笑する。

どうやら彼らは、戦えない一般人とともに避難していたらしい。シグルドの後ろから、妻のアンナが遊馬に目礼してくれた。その後ろでは、シェパードのスバルがふさふさの尻尾《しっぽ》を振っている。

「また来たのね！」

ジェシカは遊馬に抱きつく。遊馬はよろめきながらも、なんとか彼女を受け止めた。

「あなたがいなくなってから、大変だったのよ！」

「うん……。君のお父さんから聞いたよ」

「また、世界を救いにきてくれたの？」

「う、ううん……」

そうだよ、とは言い切れなかった。

彼らを救いたいという気持ちは大きかったが、確実に出来ると宣言するほど、遊馬に自信はなかった。

「おねがい、このままじゃ何もできないの。お母さんも新しい仕事を見つけたし、お父さんも武器を持たずにすむと思ったのに――」

「……ジェシカ」

快活なはずの少女には、疲労の色が濃く浮き出ていた。ジェシカの視線は、うつむいたままのジョンに注がれる。

「ジョン、どうしたの？」

遊馬は膝《ひざ》を折り、ジョンの顔を覗《のぞ》き込む。すると彼の双眸《そうぼう》から、涙がじわりと溢《あふ》れ出た。

「ともだちが……」

「友達が？」

「……侵食者に、なっちゃったんだ」

「えっ……！」

遊馬は息を呑《の》み、一同は目を伏せる。

シグルドが、重い口を開いた。

「中層の一家と仲良くなってね。うちと同じ家族構成だったし、子ども達はさっさと友達同士になった。だが、結晶が都市を食い破った日、彼らは逃げ遅れちまって……」

長男と夫が犠牲になり、長女と妻は心身ともにボロボロになって避難所に辿《たど》り着いたという。今も尚《なお》、彼女らはふさぎ込んでいて、シグルド一家と知人らでケアにあたっているそうだ。

「僕はもう……ともだちを喪《うしな》いたくない……。でも、僕には戦う力がなくて……」

ジョンはぎゅっと拳《こぶし》を握った。その幼くも力強い拳を、遊馬はそっと手のひらで覆う。

「巫女さま……」

「大丈夫」

「君が武器を取る必要なんてないように、僕達が頑張るから」

でしょう、と遊馬はレオンに視線を向ける。

「勿論《もちろん》だ。子どもを守るのが大人の仕事だ。子ども達は、明るい未来の象徴だ。そんな奴らに、武器なんて持たせられるかよ」

レオンと遊馬は、しっかりと頷き合う。

それを見たジョンは、安心したように拳を開いた。

「ありがとう」

「そのお礼が無駄にならないように頑張るよ」

遊馬は、ジョンとジェシカの頭を優しく撫《な》でる。二人の表情はようやく柔らかくなり、シグルド夫妻は胸を撫で下ろした。

活動家でも政治家でもない普通の人達も犠牲になっている。そう思うと、遊馬は一刻も早く事態を打開しなくてはと思う。

ジョンの友人は、恐らく遊馬と同じく一般的な家庭に生まれた普通の人だったのだろう。そう考えると、他人事《ひとごと》とは思えなかった。

もはや、異世界とか巫女とか関係ない。同じ人間を、一人でも喪いたくなかった。

「気をつけてな」

「はい。お互いに、無事でいられるように」

シグルド一家に見送られながら、遊馬はレオンとステラとともに再び危険地帯へと向かったのであった。

上層に向かうのは、以前よりも楽だった。

都市の中心にあるエレベーターのキーカードをレオンが持っており、敵対する警備兵がいないからだ。

だが、街のあちらこちらで侵食者が蠢《うごめ》いていた。

星晶石の塵のせいか、うっすらと視界が曇っている。霧の中にいるみたいだと、遊馬は思った。

霧の向こうの人影から、突き出した結晶だけがチカチカと輝いている。結晶人間と化した侵食者達は、一体何を想って廃墟《はいきょ》の中を闊歩《かっぽ》しているのだろうか。

「出来る限り、交戦は避けたい」

防塵《ぼうじん》マスクをしたレオンは小声でそう言いながら、エレベーターがある建物のロックを解除する。

「やっぱり、元々は普通の人だったから……」

「それもあるが、キリがないんだ。こちらの弾丸も限られているしな」

「こんなに、一体どこから……。ほとんどの人は避難しているのに」

「わからん。だが、外から来た跡も見当たらない。都市の中の何処かだ。原因を突き止めない限りは、無限に増え続けるかもしれないな」

レオンは、苦々しく呻《うめ》いた。

施設の扉を開けると、しんと静まり返った廊下が遊馬達を迎えた。照明はついているが、人の気配はない。

「誰もいない……？」

「ここは上下を結ぶ重要な施設だ。放置するなんてありえない。用心しろよ」

レオンはホルスターからエーテル・ドライブの双銃を抜き、警戒しながら進む。遊馬もまた、バングルに手をかけた。

「ねえ、あれ！」

ステラが立ち止まり、廊下の片隅を指さす。

びゅう、と生暖かい風が遊馬の頬を撫でた。壁一面のガラス窓が、何者かによって派手に破られている。

「侵食者か……？」

「恐らくね」

レオンとステラは、互いに背中を守るようにガラス窓に歩み寄る。遊馬もまた、彼らに倣おうとしたその時であった。

「うわっ」

「ユマ！」

遊馬が飛び退き、レオンが銃を構える。

遊馬の足元に、人が転がっていた。仰向けになってピクリとも動かないその人物は、ぽっかりと開けた口から星晶石の群晶を生やしていた。

侵食者である。

「こいつ、死んでいるのか……？」

レオンは怪訝《けげん》な声をあげながら、遊馬を抱き寄せる。

倒れている侵食者は、ピクリとも動かなかった。その身体には、弾痕《だんこん》と思《おぼ》しき穴が幾つも空いていた。

「瞳孔《どうこう》は完全に開いてるわね」

ステラもまた、恐る恐る侵食者の顔を覗き込む。一通り確認すると、彼女は静かに頭《かぶり》を振った。

「あれ……？」

遊馬の目に、キラキラとした輝きが映った。倒れている侵食者の瞳《ひとみ》が、虹色《にじいろ》の煌《きら》めきを帯びていたのである。

その星晶石と同じ輝きは、あっという間に失われて、ついにはどす黒くなってしまった。

「正面じゃなくて、こっちから侵食者が押し寄せたのか。警備兵は正面にばかり気を取られていたんだろう。だから、不意打ちを喰《く》らったのかもしれないな」

レオンは、弾痕だらけの床や壁を眺める。瓦礫《がれき》とともに血痕と結晶の欠片《かけら》が、点々と辺りに落ちていた。

よく見れば、更に奥にも何人かの侵食者が倒れている。ステラが足音を忍ばせながら歩み寄るが、やはり、首を横に振るだけだ。

「警備兵は、ここを捨てて上層に行ったのかもしれないわね。本社には治安維持部隊もいるし」

「……行くか」

レオンが先頭になり、エレベーターへと向かう。だが、ボタンをいくら押しても動かなかった。

「動力が切られてる。よじ登るしかないか」

「ええっ……！」

遊馬は思わず叫んでしまった。

レオンは瓦礫の山から鉄の棒を拾って来ると、エレベーターの扉のすき間に突っ込んでこじ開ける。

すると、真っ暗な空間と冷たい風が遊馬達を迎えた。

「こ、ここを登るの……？」

頑丈なワイヤーが、遥《はる》か垂直に伸びている。

「大丈夫だ。エレベーターのカゴは、本社二階で止まっているようだしな。これなら、一階の扉をこじ開ければいい」

レオンは頭上を見上げながら、さらりと言った。

「いや、そういうことじゃなくて、僕は貧弱なので難しいかも……」

足を引っ張りたくない。どんな困難にだって立ち向かいたい。

そんな気持ちは人一倍強い遊馬であったが、気持ちだけではどうにもならないことがある。

「じゃあ、私が押すわよ」

「ええっ⁉」

あっさりと言うステラに、遊馬は目を剝《む》いた。

「それがいい。ステラの武器は俺が持とう」

「さんきゅー。さすがに、これを背負ってユマを押すのは無理よね」

ステラは、背負っていたバズーカ砲をレオンに託した。

「いや、バズーカ以前に、女性にそんなことをさせるわけには……！」

「でも、一人じゃ登れないんでしょ？」

戸惑う遊馬に、ステラはずばりそう言った。

「そ、そうだけど、ステラだって……！」

「科学者は体力勝負ですから」

ステラはぐっと力こぶを作ってみせる。遊馬は促されるままにそれに触れるが、岩のように硬かった。

「うわっ、やばっ」

遊馬も力こぶを作ってみるが、ステラよりもぷにぷにしていて、癒《いや》し系の感触だった。

「この先に侵食者の気配はないが、さっきの場所から侵入するかもしれない。気をつけろよ」

「はいはーい」

ステラと遊馬に忠告しつつ、レオンはさっさとワイヤーを伝って上に登ってしまう。さすがは元レジスタンスのリーダー。武器を三つも持っているのにものともしなかった。

「ほら。ユマも登る準備して。私が下から押してサポートするから」

「ひぃっ！」

遊馬はステラに押され、コアラのようにワイヤーへと抱きついた。

「しまった！　僕はスカートだった……！」

「大丈夫。覗《のぞ》いたりしないから」

「覗……!?」

見苦しいものをステラに見せてはまずいと思った遊馬であったが、予想だにしない返し方をされて目を剝く。

遊馬はステラにお尻《しり》を押されつつ、時にレオンに腕を引っ張られつつ、なんとか一階の扉付近の足場に辿《たど》り着いた。

「ひー……ふー……っ。手、手が熱……っ」

「大丈夫か？」と、レオンは扉をこじ開けながら問う。

「まあ、なんとか……。お陰様で……」

手のひらは真っ赤になっていたが、マメが潰《つぶ》れたりはしていない。

「ステラもレオンも、有り難う」

「どうってことない」

「そうそう。ユマは軽かったし」

「うーん……」

女性に軽いと言われるのも、少々複雑だった。本格的に筋トレをした方がいいかもしれない、と遊馬は思った。

グローリア本社のロビーに通じる扉が開かれると、薄暗かった場所に光が差した。

その光に吸い込まれるようにレオンがロビーに出、遊馬とステラもまた、それに続く。

だが、三人を迎えたのは二つの銃口であった。

「待て！」

ロビーにはバリケードが張られていた。受付カウンターを中心に、あちらこちらかき集めたと思しき机が積み上げられている。

その上に、軍服にも似た制服を着た二人組の男がいた。

「治安維持部隊……！」

「お前は、双牙《ダブルファング》……！　それにステラ博士と……救世の巫女《みこ》……？」

治安維持部隊は、三人を用心深く眺めながら、銃を下ろす。

「悪かった。侵食者が這《は》い上がって来たのかと思ってな」

「そいつは仕方ないさ。状況は？」

周囲には、彼ら以外の人間は見当たらない。彼らは中層の侵食者を食い止めるために、ロビーを死守していたという。

「中層の侵食者がエレベーターの警備を突破して、上層に侵入した。社内からは叩《たた》き出したんだが――」

「まだ交戦中ってところか」

レオンの言葉に、治安維持部隊は頷《うなず》いた。

「俺達はここを動けない。ダブルファング、力を貸してくれないか……!?」

治安維持部隊の二人組は、土下座でもしそうな勢いでレオンに懇願する。だが、レオンは彼らの頭を上げさせた。

「俺は連絡が途絶えたから様子を見に来た。その先で力が必要なら、揮《ふる》うまでだ」

「恩に着る……！　ムラクモ隊長とロビン副隊長、そして、オウル社長も防衛に向かっている」

「錚々《そうそう》たるメンバーだな。それでも鎮圧出来ないほどなのか？」

驚愕《きょうがく》するレオンに、「ああ」と治安維持部隊は頷いた。

「数が多すぎる。それに、連中は――」

その時、無線の音が治安維持部隊の言葉を遮った。

『侵食者の群れがプラントに接触！　C班以外は援軍を頼む！』

ロビンの声であった。凛《りん》とした彼女の声には、明らかな焦燥が滲《にじ》んでいた。治安維持部隊の二人は、絶望的な顔を見合わせる。

「クソッ、俺達は待機かよ……！」

「やっぱり、あいつらはプラントを目指していたのか……。一体、何のために……」

どうやら彼らはC班らしい。

彼らは中層の侵食者から上層を守る砦《とりで》だ。本人たちもそれを自覚しているようで、飛び出したいのを我慢しているようであった。

「星晶石は、星晶石に惹《ひ》かれる……」

遊馬は、ヤシロの言葉を思い出す。侵食者も星晶石と同じように、星晶石を蓄えたものに惹かれるのだろうか。

「行こう……！」

遊馬はバングルに手を当て、顔を上げた。

「ああ。プラントには危害を加えさせねぇ……！」

レオンも頷き、双銃を構える。

「あんた達が助太刀してくれるなら頼もしい。俺達は絶対に、ここを守るから」

治安維持部隊の二人組は、レオンと遊馬、そしてステラに敬礼する。

三人もまた目礼を返し、プラントへと急行したのであった。

三人は外に躍り出る。白亜の冷却塔が聳《そび》えているため、プラントの場所はすぐにわかった。

アルカのシンボルだけあって、やはり、圧倒されるほどの迫力がある。空気のひりつきを感じながら、遊馬はレオンとともに走った。

上層はやはり、高い建物が多い。

都心の高層ビルとまではいかないが、己の力を誇示するがごとく立派な建物が目立った。だが、今はどれからも人の気配を感じない。一部が崩れ、瓦礫《がれき》の山を築いているものもあった。

落ちているのは瓦礫だけではない。あちらこちらに侵食者や人が倒れているが、皆、沈黙しているだけであった。

「こっちよ!」

ステラは、一同をプラントの正面入り口へと誘導する。

遊馬の耳に、銃声と金属音が聞こえてきた。そして、地の底から響くような呻《うめ》き声も。

「こいつは……」

レオンは息を呑《の》む。それは、遊馬とステラも同じだった。

プラントの前は、山のように押し寄せた侵食者に埋め尽くされていた。それを、治安維持部隊が捌《さば》いている。

プラントを背にして戦う治安維持部隊であったが、じりじりと追い詰められつつあった。

「ステラ、後ろの連中をすっ飛ばすぞ！」

「了解！」

レオンとステラは散開し、二手に分かれた。

「ユマはステラを！」

「わかった！」

遊馬もまた、エーテル・ドライブを構えてステラの背中を守る。プラントの周囲にはパイプだらけの施設や、ご丁寧に刈り込まれたトピアリーまである。死角は多く、いつ侵食者が襲って来るかわからない。

レオンの双銃は侵食者の群れを凍結させ、ステラの砲弾は何体かの侵食者を吹き飛ばした。

「そうか。プラントに影響があるといけないから、炎は使えないのか……」

レオンのエーテル・ドライブは炎と氷の力が使える。だが、下手にプラントの近くで炎の力を使うと、火災に繋《つな》がる可能性があるのだろう。だからこそ、侵食者の群れもプラントから離れている場所から片付けようとしたのだ。

レオン達の加勢で、治安維持部隊にも勢いが戻った。彼らは少しずつ侵食者をプラントから遠ざける。

「あと少しだ！　プラントに傷一つつけさせるな！」

オウルは部隊を鼓舞しながら、ランスタイプのエーテル・ドライブで侵食者を薙《な》ぎ払う。

「お前達も怪我をしないように戦え！　傷口から塵《ちり》が入ると厄介だ！」

その隣でロビンもまた、ブレードタイプのエーテル・ドライブを駆使して侵食者を斬り伏せていった。銃を構えた治安維持部隊は、統率が取れた動きで侵食者を掃討していく。

レオン達が到着してものの数分で、事態は沈静化した。

「なんとか、プラントを死守したか……」

最後の侵食者を斬り伏せて、ロビンは深く息を吐いた。

「これで終わりか？」

レオンは双銃を手にしたまま、周囲を見回す。

「いや、裏口にも何体かいるはずだ。だが、そっちは数が少ないし、ムラクモ隊長が行っている。直に終わるだろう」

ロビンはプラントの裏手を見やる。

タタタタンッという軽快な銃声が聞こえ、結晶が割れるような音が響く。だが、それも徐々に少なくなり、やがては途絶えた。

「ムラクモさんって、ロビンさんを撃った……」

遊馬は思い出す。レオン達がグローリア本社を襲撃した時、治安維持部隊に反旗を翻したロビンを躊躇《ためら》いなく撃った男のことを。

「ああ。だが、あの時は私にも非があった。あの人は冷たいと誤解されがちだが、自分の気持ちよりも組織の命令を優先にし過ぎる人なんだ。それを分かっていたのに、あの時私は、あの人に撃たせてしまった……」

ロビンは悔いるようにうつむく。だが、ハッとして遊馬を見た。

「いや、待て。どうしてお前がここにいるんだ？　ステラ博士に還《かえ》してもらったと聞いたんだが……！」

「いやぁ、実は色々あって……」

遊馬は事情を説明しようとする。

だがその時、彼は見てしまった。ロビンが倒したはずの侵食者が、ゆらりと上半身を持ち上げるのを。

「危ない！」

遊馬はエーテル・ドライブを構えようとするが、間に合わない。

侵食者が立ち上がり、ロビンの死角から襲いかかろうとしたその時、人影が割り込んだ。

「ロビン！」

オウルだった。ロビンを庇《かば》い、侵食者に背を向ける。その肩に、あろうことか侵食者は噛《か》みついた。

「ぐうっ……！」

「兄さん！」

侵食者は、オウルに食らいついて離れない。

「クソッ！」

とっさにエーテル・ドライブを構えたレオンは、思わず悪態を吐いた。

彼の銃の威力では、オウルも巻き込んでしまう。それは、ステラの武器も同じだ。

治安維持部隊の隊員もまた、オウルに流れ弾が当たることを恐れてか、躊躇いを見せる。

遊馬のエーテル・ドライブのシールドも、密着している相手には使えない。何とか引き剝《は》がそうとしたその時、銃声が響いた。

「社長の傷口を布で塞《ふさ》げ！　ロビンとあと一名は社長を本社に運搬！　他は侵食者の遺骸《いがい》を敷地外に運搬した後、バリケードを設置しろ！」

銃を構えたムラクモだった。

鷹《たか》の眼の青年の一発は、オウルに齧《かじ》りついていた侵食者の頭を吹き飛ばしていた。

侵食者はあえなく引き剝がされ、地面にくずおれた。

解放されたオウルの傷に、ロビンは応急処置用の包帯をグルグルと巻く。その手は震えていて、動揺しているのは明らかであったが、咄嗟《とっさ》に動けるのは訓練の賜物《たまもの》か。

「僕も手伝うよ」

「すまない……」

遊馬はロビンとともにオウルの傷口をしっかりと塞ぎ、ともにオウルを担ぐ。

「私も行くわ。早く侵食されたところを削《そ》ぎ落とさないと……！」

ステラもまた、顔面蒼白《そうはく》になりながらも、自らの責務を果たそうとしていた。

「ユマ、俺はバリケードの設置を手伝う」

レオンは、ムラクモ達とともに作業をすることに決めた。

「うん。またプラントが襲われたら、大変だもんね」

「ああ。……そいつを、頼んだ」

「分かった」

グローリア社の社長であるオウル・クルーガーはレオンの憎むべき相手であったが、彼の抱えるものの一部に触れ、憎しみとは違った感情が芽生えたのだろう。遊馬はレオンに頷《うなず》き、ロビン達とともに本社へと戻った。

研究所の一室が、応急処置用の部屋になっていた。

白い壁と白い床に囲まれた寝台に、負傷したオウルは横たえられる。

遊馬やロビン達が見守る中、数人の研究者がステラとともにオウルを囲み、傷口に生えた細かい結晶を取り除いていく。

だが、取っても砕いても、虹色《にじいろ》の結晶は次から次へと生えて、成長していくのだ。まるで、オウルの生命力を吸い取っているかのように。

「クソッ！　この結晶、身体の奥まで食い込んでいやがる！」

口汚く悪態を吐いたのは、処置に携わる女性研究員の一人であった。集まった研究者は、ステラが言っていたように女性の方が多かった。

この悪態を吐いた研究員はバーバラといって、副所長を務めているという。口は悪いが頭脳と技術は一級品だそうだ。

「このくらいの深さだと、アンチエーテル剤を投与しても効果が薄いわね……。このままだと、内臓まで侵食されるのも時間の問題か……」

ステラは玉のような汗を額に浮かせながら、執念深く結晶を取り除く。しかし、一つ抜けば二本生えるというペースで、瞬く間に、オウルの傷口は細かい結晶で覆われた。

「くっ……」

オウルが呻《うめ》き、うっすらと目を開ける。そんな彼に、バーバラは問う。

「社長、まだ正気を保ってるか？　このままじゃ、あんたは星晶石に食われちまう。侵食された部位を切り落とすしかない。あんたの許可を貰《もら》えるか？」

オウルは口を開くものの、すぐに、ぎこちなく首を横に振った。

「……いや、無理だろう。身体の内側から侵食されるのを感じる……。すでに、身体の自由が利かない……。神経系は奴らのものだ……」

「そんな……！」

声を上げたのは、処置の様子を見守っていたロビンだった。

「兄さん、私のせいで……」

いつもの凛々《りり》しさを失い、泣きそうになるロビンであったが、オウルは皮肉めいた笑みを浮かべた。

「あの侵食者の顔には……見覚えがある」

「以前……私に抗議をして来た中層の活動家だ……。プラントに集まった者達は恐らく……星晶石発電反対派の成れの果てだろうな。これは……なるべくしてなったことだ」

「えっ……？」

「ということは、彼らにはまだ意識が……？」

ステラが尋ねると、オウルは「そうかもしれない……」と弱々しく返した。

どうやら、話すだけでも大儀なことらしい。オウルは深く息を吐くと、バリケード設置を終えてロビンの隣で待機していたムラクモに視線を送る。

「ムラクモ、すまない。意識が薄れてきている……。自決をしようと思ったんだが、身体の自由が利かない。後は頼む」

「……了解しました」

ムラクモは表情に僅《わず》かな躊躇いを見せるものの、懐から拳銃《けんじゅう》を取り出す。

それを見て、ロビンと遊馬達はぎょっとした。

「駄目だ、兄さん！　ムラクモ隊長！」

ロビンはとっさに、ムラクモを制止する。

「諦《あきら》めんな、社長！　あんたはしおらしく死ぬような奴じゃないだろ⁉　根性を見せろ！　最後までふんぞり返れ！」

バーバラもまた、焦ったように声をかける。

だが、オウルは意志を曲げなかった。彼は、自分の意識が長く持たないことを分かっているのだ。だからこそ、忠実な腹心であるムラクモに自分の意志を託したのだ。

(僕は、見ていることしか出来ないのか?)

遊馬の拳《こぶし》に力が入る。彼は無力感に打ちひしがれていた。

何が救世の巫女《みこ》だ。

この世界の人々に担がれている割には、たった一人の人間を救うことも出来ない。

こうしているうちにも、オウルの傷口を結晶が覆っていく。休まずに取り除いていたステラの目にも、諦めが過《よ》ぎる。遊馬の隣で成り行きを見守っていたレオンもまた、悔しげに表情を歪《ゆが》めていた。

その時であった。急に部屋の外が騒がしくなる。

言い争うような男の声だ。「開けるぞ!」という荒々しい声とともに、処置室の扉が開け放たれる。

「侵食されたクルーガーの坊主はここか!」

防塵《ぼうじん》マスクをした上背のある男が、廊下の照明の光を背負って現れた。薄汚れた白衣を身にまとい、小箱を片手で厳重に抱いていた。

「ドミニク!」

バーバラは声をあげる。ステラはその名前を聞き、目を丸くした。

「だ、誰……？」と遊馬が双方を見比べる。

「前所長よ。治療薬の開発に携わっていたけど、追い出されたっていう……」

ステラは遊馬達に説明する。ドミニクと呼ばれた男は、防塵マスクのゴーグルの向こうでキザなウインクをしてみせた。

「ハッ……。このタイミングで再会するとは……。皮肉な運命にある私を笑いにきたのか……？」

オウルは自嘲《じちょう》的な笑みを浮かべる。だが、ドミニクはずかずかと室内に侵入すると、目に涙を浮かべるロビンをやんわりと下がらせた。

「そんなガキみたいな真似はしねぇよ。そんなことより、坊主。賭《か》けに出るつもりはないか？」

「賭け……だと？」

ドミニクはにやりと笑うと、小箱を手にしてその場にいた全員を見回す。

「この中には、侵食の治療薬が入っている」

「なっ……！」

その場にいた皆が、息を呑《の》んだ。その様子にドミニクは満足そうにするが、オウルはかすれる声で否定する。

「馬鹿な……！　ここで全く進まなかった研究が……あの古びた施設で……この期に及んで進んだだと……!?」

「世迷《よま》いごとを、と思うかもしれないが、こっちにも奇想天外な発想をする人材がいてね。そいつが次々と問題を解決してくれたのさ」

「でも、あんた以外の人間は、本社に戻ったはずじゃあ……」

バーバラも信じられないといった表情だ。

「その後に、いい人材が現れてね。まあ、その辺の事情は後回しだ」

ドミニクは、オウルに向き直る。

「この治療薬は動物実験済みだが、人体への投与はまだだ。臨床試験が足りてない試作品ってことだな」

「……つまり、その被験者第一号になるか否かを選べ……ということか」

「流石は坊ちゃん、話が早い」

見下ろすドミニクと、見上げるオウル。二人の視線が絡み合い、遊馬には火花が散ったように見えた。

「いいだろう……。私に投与するといい。どうせ、このままでは星晶石に食われる身だ……」

オウルの目から失われていた闘志が、再び宿った。それを見たドミニクは、バーバラに小箱を託す。

「準備を頼む」

「はいよ」

バーバラが小箱を受け取って開けると、中にはアンプルが収められていた。どうやら注射によって投与するらしく、彼女はステラ達の手を借りつつテキパキと用意をし、オウルの患部付近に投与した。

治療薬の注入を終えたオウルは、再び寝台の上に沈み込んだ。

浅い呼吸の彼を、皆が黙って見守っていた。

それから数分経ってからだろうか。結晶の成長がぴたりと止まったのは。

「結晶が……成長しなくなった……？」

「それだけじゃない……。少しずつ小さくなっている……！」

オウルの身体に巣食っていた結晶は白ずみ、風化するようにポロポロと崩れていく。

少しずつであるが、オウルの顔色も戻り、乱れた呼吸も整っていった。

「やったのか……？」

レオンは食い入るように見つめている。ドミニクもまた、ほとんど瞬《まばた》きをせずにオウルの様子を観察していた。

「今のところは、順調なようだな。経過観察が必要だし、全快までは時間がかかるだろうが」

「兄さん……！」

ロビンは、オウルにすがりつかんばかりに寝台にしがみつく。

「……だいぶ、楽になった……。まだ、違和感は残るが……」

オウルは寝台の上で指先を動かし、深い息を吐く。それを見たムラクモは、ずっと手にしていた拳銃を懐にしまった。

「これ、量産は出来ないの？」

ステラはドミニクに問う。この治療薬は、まさにアルカの人々にとって救世主であった。

「俺がいる旧研究所じゃあ物資が足りなくてね。物資を確保するために本社に来たんだ」

そのために、治療薬のサンプルを持ってきたのだという。まさか、それを侵食されかけた社長に投与するとは思わなかったそうだ。

「ならば、必要な分だけ持って行け……。バーバラ副所長、案内を頼む……」

「任せな！　社長は寝てろよ。治療薬がどう効くのか観る必要があるしな。安静があんたの仕事だ！」

オウルはバーバラの返事を聞き届けたのを最後に、そっと瞳《ひとみ》を閉ざした。

「兄さん……」

「緊張がほぐれたのかもな。寝ていた方が治療薬もよく効くし、寝かせてやんな。どうせ、ずっと働き詰めだっただろうしな」

ドミニクは親戚《しんせき》の息子でも見守るような目で、眠りにつくオウルを見つめていた。

彼は、前社長——つまりはオウルの父親の代からグローリア社に勤めている研究者だ。オウルに僻地《へきち》に追いやられたとはいえ、憎しみよりも慈しみの方が強いのだろう。

そんなドミニクの目を見て、遊馬は急に懐かしい気持ちになった。

ドミニクから感じられるのは父性だ。自分がもう、父親から向けられないものだった。

「ユマ?」

「ん、大丈夫」

レオンが心配そうに声をかけてくれるが、遊馬は平然とすることに努めた。今は、父を懐かしく思っている場合ではない。

「物資があるなら、ここで量産は出来ないの?」

ステラの問いかけに、ドミニクは苦い顔をする。

「施設が違うから準備に時間がかかる。今は、物資を旧研究所に運んで量産した方が、効率がいいんだ」

「でも、旧研究所までの道のりは長いじゃないか。侵食者に襲撃されちまうだろ？」

バーバラがそう指摘すると、ドミニクは人差し指をピンと立てる。

「そこで、護衛が欲しいわけよ。行きは小箱を守ればいいだけだったが、帰りは大量の物資を守らなきゃならねぇ。そいつは、俺一人じゃ無理でね」

「僕が行く」

遊馬は、間髪を容《い》れずに名乗りを上げた。

守ることなら、自分のエーテル・ドライブでも出来る。アルカの人々が一人でも多く助かる方法があるなら、何としてでも役に立ちたかった。

「それなら、俺も行こう。蹴散《けち》らすことなら得意だからな」

レオンもまた、遊馬の隣に並ぶ。

「ほう。お前達のことは知ってるぜ。救世の巫女《みこ》と双牙のレオンだろう？　よろしくな」

ドミニクは右手を差し出す。遊馬とレオンは、順番に彼と握手を交わした。

「ならば、私も行こう。今度は、遅れを取らない」

ロビンもまた、立ち上がる。その双眸《そうぼう》には、凜々《りり》しさが戻っていた。

「いいねぇ。嬢が来てくれるなら安心だ。だが、そっちは大丈夫なのか？」

ドミニクは、ロビンとムラクモを交互に見やる。

しかし、ムラクモは首を縦に振った。

「問題ない。こちらは作戦を変更する。治療薬が完成する可能性がある以上、侵食者への被害も少ない方がいい。確実に仕留める方から、プラントから遠ざけつつ捕獲する方向性で行こう」

ムラクモはそう言って、一足先に処置室を後にした。

ムラクモとすれ違う瞬間、遊馬は彼の呟《つぶや》きを聞き逃さなかった。「引き金を引かずに済んでよかった」と彼は胸を撫《な》で下ろしていた。

(表情があまり読めないけど、あの人も、好んで引き金を引いているわけじゃないんだ……)

皆、それぞれの事情があって戦っている。そのせいで、誰かを傷つけなくてはいけないし、他人を傷つけるたびに自分も傷ついているのだろう。

そんな流れを、なんとしてでも断ち切らなくてはいけない。そして、その希望を叶《かな》える可能性が、すぐ目の前にあった。

「よし。そうと決まれば物資を積んで出発だ！　外に俺の車が停めてある。指定した薬品をそいつに積んでくれ！」

ドミニクは意気揚々と拳《こぶし》を振り上げ、颯爽《さっそう》と処置室を去っていく。

「ユマ、レオン、そしてロビン。頑張って。私は、彼の経過観察と、侵食された人の処置をしてるから」

　ステラもまた、覚悟を決めた顔つきで遊馬達を見送る。

「うん。ステラも、どうか無事で」

「大丈夫。私、逆境には強いから」

　ステラは明るくサムズアップをしてみせる。

「ユマ、またお前を危険に巻き込むことになる」

　遊馬の肩を、レオンがそっと叩《たた》く。それに対して、遊馬は苦笑した。

「いいって。この護衛の仕事は、僕が進んで引き受けたんだし。せっかく異世界に戻って来たんだ。僕は僕なりに、役に立ちたい」

「……俺がお前を救世の巫女にしたからといって、そんなに気負わなくていい」

　その言葉に、レオンの気遣いが感じられる。

　しかし、遊馬は「平気」と返した。

「多分、僕は純粋に、誰かの役に立ちたいんだよ。それで、自分がそこにいるっていう実感を得たいんだ。だからこれは、僕のエゴなんだよ」

「フッ、自ら戦地に赴くとは、変わったエゴだな」

「僕もそう思う」

　レオンと遊馬は苦笑し合い、お互いの拳を突き合わせる。

都市は壊滅状態で、危険な侵食者が蔓延《はびこ》っているが、不思議と、恐怖心はなかった。

ドミニクがもたらした希望が、延々と続いたトンネルの果てを垣間《かいま》見せてくれたからだ。

遊馬はその希望を胸に、レオンとともに処置室を後にする。自分が踏み出した一歩が、人々を救うと信じて。

EPISODE 02
ファザー・イズ・ネームレス

ドミニクは、薬品が詰め込まれたカートンを軍用車の中に押し込む。

中にはクーラーボックスに詰めなくてはいけないものもあり、ドミニクはそれを用心深く運転席の下に隠した。

「こいつは一定の温度で保管しなきゃいけないやつだな。とっとと旧研究所に戻らねぇと」

ドミニクが乗って来たのは、迷彩の塗装が施された軍用車であった。

廃棄されていたものを拾って来て、出来る限り直し、誤魔化しながら使っているらしい。

途中で襲撃を振り切ったのか、車体のあちらこちらが凹《へこ》んでいたり、塗装がはげていたりした。これは、帰り道も思いやられる。

遊馬達がいるのは、グローリア社の地下駐車場であった。

地下といっても、上層の大地に対して低い位置にあるというだけで、中層にとっては天井になる。

遮蔽《しゃへい》性が高いためか、ドミニクは防塵《ぼうじん》マスクを外していた。

　ドミニクは、髭《ひげ》を整えたハンサムな男であった。こんな顔立ちのイタリア人の俳優がいたな、と遊馬はぼんやり眺めていた。

「おっ。どうした、お嬢ちゃん。マスクの下があまりにもイケメンで、惚《ほ》れちまったかい？」

「は、はぁ……」

　ウインクをしてみせるドミニクに、遊馬は引きつった愛想笑いを浮かべた。だが、ドミニクはすぐに、「なんてな」と肩をすくめる。

「お嬢ちゃん、そんななりをしているが、男なんだろう？　まあ、同性を好むやつもいるかもしれないが、俺は残念ながら、異性にしか興味がなくてね。友人になるのは大歓迎だが」

「えっ、僕が男だって分かるんですか……!?」

「分かるさ。俺ぐらいの男になれば、防護服の上からでも分かる。直感が俺に訴えかけるんだろうな」

　ドミニクは、とんとんと自分の額を叩いた。

「無類の女好き、といったところか」

　レオンは車に荷物を積み込みながら、呆《あき》れたように言った。

「流石は革命派の英雄。鋭いねぇ」

ドミニクは悪びれることなく笑う。

「そう。俺は女が好きなんだ。科学者になったのも女に囲まれたかったからでね。困ったことに、オウル坊ちゃんに全員引き抜かれちまったが」

大袈裟《おおげさ》に溜息《ためいき》を吐くドミニクを、レオンとともに荷物を積み込んでいたロビンが冷ややかに見ていた。

「なんて軽薄な男なんだ……。科学者がやることと言ったら、アルカに住んでいる人々の人生を左右する仕事だぞ」

「アルカの人口の半数は女が占めている。彼女らの役に立つのなら、モチベーションも上がるさ。——もちろん、その中には君も入っている。戦場に咲く、一輪の花よ」

ドミニクは流れるように話題をロビンに移し、流し目で彼女を見つめた。だが、ロビンは「ふん！」と鼻息であしらう。

「私は市民を分け隔てなく守りたい。そこはお前と相容《い》れないところだな！」

「おっと、フられちまったかな。まあいいさ」

正面から否定されたというのに、ドミニクは軽く苦笑しただけであった。恐らく、今までも同じようなやり取りを繰り返してきたのだろう。

（ケビンも惚れっぽいと思ったけど、ドミニクさんは息をするようにナンパをしてるのかな……。僕が早々に男だってバレてよかった……）

遊馬は、ロビンのように正面から拒絶出来ない。自分よりも年上で押しが強い人間に迫られたら、断り切れなくて流されてしまいそうだ。

「ただ、一つ訂正させてくれ。俺は女の役には立ちたいが、男を蔑《ないがし》ろにしたいわけじゃない。性別人種関係なく、人類の幸福に貢献させて貰《もら》うぜ」

ドミニクは、大きな右手を差し出す。

ロビンは面食らい、遊馬は戸惑う。そんな中、レオンがドミニクの手をしっかりと握った。

「分かってる。ただの女好きだったら、他の科学者が引き抜かれた時に、一緒にオウル・クルーガーのもとに行っているはずだ。それを、一人になっても研究を続けていたんだ。お前には自分なりに通したい意地があるんだろう、ドミニク」

「そういうことだ。人を見る目があるじゃねぇか、レオン」

レオンとドミニクは固い握手を交わす。

確かに、目処《めど》のつかない研究を、たった独りで進めた人だ。生半可な覚悟ではなかっただろう。

ドミニクもまた、レオン達と同じように強い信念を持った人間なのだ。

「一緒に頑張りましょう」

遊馬は、二人の手にそっと自分の手を重ねる。ロビンもまた、「まあ、そういうことなら《なら》いい」と遊馬に倣った。

「よし。これで俺達は同志だな。俺は運転に専念するから、護衛を頼むぜ」

ドミニクは、ようやく荷物が積み終わった車を見やる。

積み込んだ荷物の量は多く、しかも、慎重に扱わなくてはいけないものもある。旧研究所まで一気に駆け抜けるのは難しいとのことだった。

運転席にはドミニク、助手席にはシールドが張れる遊馬。そして、その後部座席では、万が一に備えてロビンが待機しており、その隣にして運転席の後方には、無防備なドミニクを守るためにレオンが双銃を構えていた。

「白兵戦でないなら、私の装備は心許《こころもと》ないな。私よりも、ムラクモ隊長に頼んだ方が良かったか……？」

車に乗り込み、己の間合いを確認しながらロビンは呟《つぶや》く。

「いいや。エーテル・ドライブ使いがいてくれた方が助かる」

そう言いながら、ドミニクは運転席に乗り込んだ。

「あと、女を乗せているか乗せていないかで、俺の運転の安全性に対するモチベーションが違うんでね」

「そこは女を乗せてなくても頑張ってくれ。貴重な薬品を積んでいるんだから……」

ロビンは眉間《みけん》を揉《も》む。

「そうそう。俺達は同志なんだから、よそよそしい口調はやめてくれよ。可愛い巫女《みこ》さん」

「は、はい！　善処しま……善処するよ……！」

年上にタメ口をきくのには慣れなかったが、それがアルカ流ならば従わなくては。

「……いや、っていうか可愛い巫女さんって……」

とっさに返事をしてしまった自分を呪う。可愛い路線を目指していないので、なかなか辛《つら》い。

「シートベルトは締めたか⁉　希望の運び屋、発進だぜ！」

ドミニクは全員が乗り込んだのを確認すると、車を出発させた。

屋内駐車場だというのに、ドミニクはそこそこのスピードで駆け抜け、あっという間に地上へと出る。

空が曇っているとはいえ、地下駐車場内よりもほんのりと明るい世界が、遊馬達を迎えた。

グローリア社のビルも、プラントの巨大な冷却塔もあっという間に遠くなり、車はがらんとした車道をひた走る。

あちらこちらに積み重なっている瓦礫《がれき》や、道路がひび割れた箇所を避けながら、ドミニクは市街地を突き進む。左右にはビルが連なり、まさに都会の風景であった。

東京と違うのは、それがプラントの周りに身を寄せ合うように密集していることか。

「今のところ、侵食者は見えないようだが」

レオンは、進行方向を用心深く眺めていた。

「そのようだな。だが、油断しちゃなんねぇぞ。ちょっとした死角から飛び出して来るんだ。行きも横っ腹をやられた」

ドミニクは苦々しげに、車の側面を親指で指す。

「どうして、侵食者は人間を襲うんだろう……」

遊馬の疑問に、「……さあな」とレオンが頭《かぶり》を振った。

「襲ってこなければ、こっちも引き金に手をかけずに済むんだが」

「……だよね」

「兄さん――オウルを襲った侵食者は、オウルの思想に反対する活動家だった。そう考えると、侵食される前の記憶や意思もあるように思えるが……」

ロビンもまた、首を傾げて唸《うな》る。

「仮にそうだとしても、俺達が襲われる理由は何だ？　俺は何らかの恨みを買ってる可能性はあるが、ユマに襲われる理由はないはずだ」

レオンが言うように、遊馬には襲われる理由は見当たらない。巫女という大きな存在だが、アルカに関わった時間も短く、ヘイトを買い難《にく》いはずなのに。

「仲間を、増やそうとしているとか……」

遊馬はぽつりと言った。フィクションの中のゾンビを思い出したからだ。ウィルスに感染してゾンビ化した場合、感染者を増やすためにウイルスがゾンビの肉体を操って人を襲うのだ、と誰かが言っていた。

「だが、ユマの仮説が真実なら、星晶石に意思があることにならないか？　石に意思があるなんて思えないが」

レオンは怪訝《けげん》な声をあげる。その反応は、ごもっともだった。

「意思というか、繁殖しようとする本能みたいなものがあることになるな。鉱物はその……繁殖はしないだろう？」

ロビンも首を傾げている。

確かに、そんな話は聞いたことがない。

鉱物は特定の成分が集まることによって形成されるもので、自らの力で増えることはない。ましてや、意思が宿るなんて荒唐無稽《こうとうむけい》な話であった。

「いや、分からないぜ」

口を挟んだのは、ハンドルを握るドミニクであった。

「なにせ、あの星晶石だ。俺達の想像をゆうに超えるかもしれねぇ。人体の中で成長するくらいだし、自ら人体に付着して苗床とするくらいのことはやりかねないぜ」

「……そうだな。星晶石は常に、俺達の予想を裏切ってきた。何があっても、おかしくないか……」

レオンは神妙な面持ちで、ドミニクの意見を受け入れた。

「人間の意思だって、人体の仕組みが生み出したものに過ぎないしな。無機物が似たような機能を得た時、意思のようなものを持ってもおかしくないさ」

「ロボットも、そんな感じかな」

遊馬が恐る恐る問うと、「その通り」とドミニクは片目をつぶった。

「無機物で構成されたAIだって、俺達みたいに自分の中に蓄積されたデータをもとに色々なことを判断出来るんだ。ミラクルな鉱物が人体の機能を乗っ取って意思を働かせたって、俺は驚かないね」

「もし、彼らに意思があるなら、対話が出来ればいいんだけど」

遊馬はうつむく。

彼らの目的さえ分かれば、解決の糸口が見えるかもしれない。そうすれば、親しい人が侵食者になる悲しみや、侵食者になった隣人を撃ち殺さなくてはいけない苦しみから解放されるのに。

「本当に、その通りだよなぁ……」

ドミニクは遠い目をする。レオンとロビンもまた、口を噤《つぐ》んでしまった。彼らは、侵食者を葬ってきた者達だ。思うところがあるのだろう。

　車内に重苦しい雰囲気が立ち込める。時折、車が小さな瓦礫に乗り上げた時にするガタゴトという音だけが響いていた。

「ど、ドミニクさ……じゃなかった、ドミニクは、元所長なんだよね」

　沈黙を破るように、遊馬はドミニクに問う。

「まあな。今の所長はヤシロだが」

「なんか、不思議だね。研究者は女性の方が多いのに、男性が所長をやるなんて」

「あー」

　遊馬の素朴な疑問に、ドミニクは訳あり顔で苦笑した。ロビンもまた、困ったように眉間を揉む。

「えっ、どうしたの？」

「所長になると、研究に専念出来ねぇんだよ。事務処理とかよくわからん会議とかが山積みになっちまうんだ。だから、ぶっちゃけ皆やりたがらない」

「ってことは、所長という立場が敬遠された結果――」

「そう。俺達にお鉢が回ったってわけだ。まあ、俺は女の役に立てればいいと思ったから引き受けたんだけどな。ヤシロはそういうわけじゃなさそうだが、上手《うま》くやってんのか？」

ドミニクは首を傾げる。

「あいつは研究以外に興味がないから、事務処理はテキトーだ。締め切りを守らないことすらある。会議では常に研究のことを考えていて、心ここにあらず――らしいな」

「周りの目は全く気にならないってか。そのくらい図太い方が向いてるのかもしれねぇ」

ドミニクは軽く笑う。

ロビンはヤシロのことにやけに詳しいな、と遊馬は思った。治安維持部隊の彼女と研究者のヤシロでは、兵器関連のことしか交わるところがないだろうに。

だが、プライベートなことかもしれない。それ以上に、遊馬は気になることがあった。

「ドミニクはどうして進まなかった研究を進ませることが出来たの？　協力者が現れたって聞いたけど」

「ああ、そうだ。とびっきり優秀な人材がな」

「女でモチベーションでも上げたのか？」

ロビンは呆《あき》れ半分、からかい半分で尋ねた。

「残念ながら、男だ。そいつは、ある日突然、アルカの外に現れたんだ」

ドミニクがいる旧研究所はアルカの僻地《へきち》で、壁を背にした場所にあった。

定期的に壁の外を観察していたのだが、ある日、男が一人、唐突に現れたという。

「難民か？」とレオンが問う。

だが、ドミニクは首を横に振った。

「難民だったら、地平線からこっちに来る様子が分かるけどな。でも、そいつはそうじゃなかった。突然、アルカのすぐ近くに現れたんだ」

その話を聞き、遊馬とレオンは顔を見合わせる。唐突に現れて見張りが驚くなんて、何処かで聞いたような話だった。

「さすがに、放っておくわけにもいかなくて、こっそりとそいつを保護したんだ。どこから来たのか聞いても、要領を得ない。そいつは、記憶を喪《うしな》っているようでね」

記憶喪失の男は、自分の名前も思い出せなかった。その男は、自分が名前を思い出すまでは、『ナナシ』と呼んでくれと言ったそうだ。

ナナシは記憶喪失であったが、聡明《そうめい》な男だった。星晶石に強い興味を示し、驚くほどの知識を持っていて、ドミニクが今までに触れたことのない発想を幾つも思いついた。そのお陰で、研究が急速に進んだのである。

「そいつは、何者なんだ？」

ロビンは身を乗り出す。

「さあな。記憶を喪ってるから、俺にも分からない。だけど、おかしなところが多いな。俺の全く知らない言語を喋《しゃべ》っていたし、地名や社会の知識が乏しい割には、一つ教えれば十を返してくれる。まるで、ここではない世界からやってきたみたいだ」

言語自体は、ナナシが自力で習得して、今はコミュニケーションに問題はないという。

遊馬も本来は、言語が通じないはずだった。だが、彼が持っている星晶石の影響で、アルカの人々とコミュニケーションが取れるのだ。

遊馬もまた、アルカの常識を全く知らない。そのせいで、当初はレオンに訝《いぶか》しがられたものだ。

(まさか……!)

遊馬の脳裏に、父親のことが過《よ》ぎる。

父は事故死したとされていたが、遺体は見つかっていない。爆発があまりにも大きかったため、遺体が残っていないのかと思ったが——。

遊馬はとっさに懐を探り、スマートフォンを取り出す。当然のように圏外であったが、幸い、他の機能には問題がなかった。

「運転中にごめんなさい。もしかして、この人……?」

遊馬は、遠慮がちにドミニクにスマートフォンの画面を見せる。そこには、父親と撮った写真があった。

ドミニクは驚き、じっと目を凝らす。

「おい……。ナナシに瓜二《うりふた》つじゃないか……。お前、まさか……」

「……もし、ナナシさんがこの人ならば、僕の父さんだ」

それを聞いたレオンとロビンも、息を呑《の》む。

「お前の父親は、死んだはずじゃあ……！」

「うん。死んだことになっているけど、遺体も何もない。死んだ証拠がないんだ。もしかしたら、事故の時に僕みたいに転移したのかも」

「有り得ない……話じゃないか。だが、お前は記憶を喪ってないし、こっちの言葉も喋れるだろう？」

「僕の言葉が通じるのは星晶石のお陰だよ。きっと、ナナシは持ってなかったか、転移時に手放してしまったんだ。記憶が無くなってるのも、そのせいかも」

遊馬の心が揺れ動く。全身を揺さぶられるような感覚が、遊馬を包んでいた。

死んだと思っていた父が生きている。だけど、記憶を喪って自分の名前すら思い出せない。

本当に、ナナシは父親なんだろうか。記憶を喪っているのなら、息子が行ったところで誰だか分かって貰《もら》えないのではないだろうか。

遊馬の中で、ぐるぐるとそんな思考が渦巻いていた。希望と絶望が入り混じり、濁った沼のようになっていた。

「……どうする、ユマ？」

　レオンは慎重に尋ねる。

　遊馬が葛藤《かっとう》していることに、気付いているのだろう。

「行く……。ナナシに会うよ。彼が本当に父さんなのか、確かめたい……」

　溢《あふ》れそうな不安を必死に抑え込み、はやる気持ちを抑えつける。今は、治療薬の素材を運ぶことに専念しなくては。

「ナナシは、『大切なものを忘れている気がする』と頻繁に言ってたんだ」

　ドミニクは、ポツリと言った。

「それがお前さんだとしたら、俺は会わせてやりたいね。ナナシは研究熱心で好奇心旺盛《おうせい》だが、いつも不安そうだった」

「そっか……」

　研究熱心で好奇心旺盛だなんて、まさに遊馬の父親だ。そこに一欠片《かけら》でも、自分や母親との記憶が残っていればいいのだが。

　そうしているうちに、車はハイウェイのような道路に差し掛かる。高架になっている幅広の道だが、その下に地面はなかった。

　遥《はる》か眼下に中層の街並みが窺《うかが》え、ひんやりとした風が下界から車体に吹き付ける。

「おい！」

ロビンの悲鳴じみた声に、遊馬は現実に引き戻される。

曇り空から漏れるわずかな光が、一瞬だけ遮られた。

「上だ！」

レオンはとっさに車から身を乗り出すと、上空に向けて発砲した。

星晶石の軌跡が煌《きら》めきながら伸び、上空から降ってきた二つの影のうち、一つをふっ飛ばす。

「侵食者か！」

低いビルのそばを横切った瞬間の出来事だった。恐らく、屋上で待ち構えていたのだろう。

ロビンもまた、ブレードタイプのエーテル・ドライブを抜き放つ。だが、彼女が迎撃する前に、レオンが仕留め損ねた一体がボンネットに降り立った。

どむっと重々しい音が鳴り、顔面が結晶に覆われた侵食者がフロントガラスに張り付いた。

「このっ！　随分と熱烈なご歓迎じゃねぇか！」

ドミニクはハンドルを切り、侵食者を振り落とそうとする。だが、車に積んだカートンが不吉な音を立てて床を移動し始めた。

「チッ……！」

ドミニクはハンドルを切るのをやめざるを得ない。そうしているうちに、侵食者はフロントガラスに自らの拳《こぶし》を打ち付けた。

ビシッと蜘蛛《くも》の巣のような亀裂《きれつ》が入ったかと思うと、鋭い音を立てて砕け散った。無防備になった車体の前面から、侵食者の結晶に覆われた顔がドミニクに迫る。だがその行く手を、虹色《にじいろ》の壁が阻んだ。

「ドミニク、今のうちに！」

遊馬のエーテル・ドライブが生み出した障壁が、侵食者をのけぞらせる。

「よし！　ありがとよ！」

ドミニクはハンドルを切り、侵食者を振り落とそうとする。侵食者の足はふわりと浮き、そのまま車内から道路に落下しそうになった、その時であった。

遊馬のエーテル・ドライブを嵌《は》めていない方の腕に、侵食者の手が伸びたのは。

「えっ⁉」

「ユマ、避《よ》けろ！」

レオンが遊馬を助けようと、後部座席から身を乗り出す。だが、彼の手は遊馬を摑《つか》み損ねた。

「レオン！」

「ユマーっ！」

侵食者に腕を摑まれた遊馬は、ともに道路に投げ出されそうになる。しかし、ロビンのエーテル・ドライブが閃《ひらめ》いた。

「すまない！」

ロビンが手にした光の刃《やいば》は、侵食者の腕を一刀両断にする。繋《つな》がりを断たれた侵食者は空中に放り出され、遊馬の身体もまた、宙を舞った。

「ロビン！」

「今行く！」

遊馬に手が届くのは、助手席側に座っていたロビンだけだった。彼女は空中でもがく遊馬の手をしっかりと握る。

だが、その時だった。

ガタン、と車体が大きく揺れる。後輪に、侵食者の腕が絡みついていたのだ。切断されたそれは、主を失っても尚《なお》、指先を不自然に蠢《うごめ》かせている。まるでそれが、一つの生命体であるかのように。

「こいつ……！」

レオンが一発お見舞いすると、侵食者の腕は結晶の欠片を撒《ま》き散らしながら砕け散る。

だが、遅かった。

車の振動のせいで、辛うじてバランスを保っていたロビンもまた、車体から飛び出してしまったのだ。

「ユマ！　ロビン！」

叫んだのはレオンかドミニクか、それとも両方か。

遊馬はロビンとともに空を舞う。あろうことか、彼らはハイウェイの壁を乗り越え、中層の上空へと放り出された。

「レオン、ドミニク……！」

遊馬が叫んだ頃には、彼の身体は落下していた。

軍用車はあっという間に見えなくなり、中層の家々の屋根が間近に迫っていた。

遊馬の父親は、研究一筋だった。

家にもあまり帰って来ないし、父親と食卓を囲んだのは数えるほどしかなかったかもしれない。

それでも、遊馬にとってかけがえのない家族の一人であった。

「父さんは、どんな仕事をしているの？」

小学校で、親の仕事について調べてくるよう宿題を出された時のことだったか。遊馬は久々に父親が帰宅すると、すっ飛んで行って尋ねた。

何日か研究所に宿泊して仕事をし、ようやく帰って来たのだ。父親はクタクタになっている様子をおくびにも出さず、笑顔で遊馬を迎えてくれた。

「人類の未来に役立つ資源を見つける仕事をしているんだよ」

「人類の未来に……役立つ？」

誇らしげな父親の言葉がピンとこない遊馬は、首を傾げた。

「そう。私達の生活には、先人が発見し、活《い》かす術を見つけたありとあらゆる資源が使われている。彼らの英知の上で、私達は快適な暮らしをしているんだ。だから、私は先人達のように、未来に貢献したいんだよ」

「未来って、どれくらい未来？」

「どれくらいだろう？　十年先かもしれないし、百年先かもしれない」

「百年先は、僕も父さんもいないよ……」

「どうだろう。昔は人間五十年なんて言われてたのに、今は人間百年時代になったしね。医療技術が発達したり、今よりももっと快適な暮らしが出来れば、寿命は更に延びるかもしれない」

父親はキラキラした目でそう言ってから、「それはさておき」と続けた。

「もし、私の世代で充分な成果が出せなくても、次の世代が研究を完成させてくれるかもしれない。プロジェクトはチーム制だしね。一人で全部どうにかしなくちゃいけないわけじゃないんだ」

「じゃあ、安心だ」

遊馬が微笑むと、父親もつられるように微笑んだ。

「そうだね。ただ、他人に頼りっきりというわけにはいかないからね。お互いが安心してプロジェクトを進められるように努力をする必要があるんだ」

「チームって大変だね」

「そうだね。意見が合わなくて、喧嘩《けんか》になる時もあるし。でもね――」

父親は膝《ひざ》を折って目線を合わせると、遊馬の頭にそっと手を乗せる。その手のひらは大きくて温かく、遊馬は安心感に包まれる。

「一人で成し得ない大きなことも、一人一人の力を合わせれば実現出来る。奇跡と呼ばれるようなことだって、引き寄せられるんだ」

父親の言う大きなことというのは、人類の未来に貢献するということだろう。途方もない目標であったが、彼の目には力強さがあった。

「そっか。頑張って、父さん！」

「ああ、もちろん。私が貢献したい未来には、遊馬もいるわけだから」

父親は遊馬の頭から手を離し、そっと立ち上がる。照明の光を背負った父親は、いつもよりも大きく見えた。

「ただ――」

「ただ？」

「私達の仕事は、必ずしも平和をもたらすわけじゃない。時には、意図せぬ争いを引き起こすこともある。ノーベルが発明したダイナマイトが、意図せず戦争の激化を招いてしまったようにね。そうなったら、私は……」

父親は目を伏せて、口を噤《つぐ》んでしまった。「父さん？」と遊馬は尋ねるが、父親は首を横に振る。

「いいや、何でもない。何らかの責任は、取りたいところだね」

父親は歪《いびつ》な笑顔を作る。自らの感情を押し殺し、無理して笑っているのは明らかだった。

あの時、父親は自分が責任を取る未来を見ていたのだろうか。

アルカの姿は、父親が見つけたミラビリサイトがもたらす未来の一つだったかもしれないと思うと、皮肉なことだった。

「……マ、ユマ……」

自分の身体を揺さぶる者がいる。遊馬は在りし日の幻を振り払いながら、うっすらと目を開けた。

「うーん、父さん……」

「誰がお前の父親だ」

ぴん、とおでこを弾《はじ》かれる。

「いたっ！　前頭葉に来た……」

額から突き抜けるような痛みを堪《こら》えつつ、遊馬は覚醒《かくせい》した。自分のことを心配そうに覗《のぞ》き込んでいるのは、ロビンであった。

「大丈夫か？　主に視覚とか……」

「だ、大丈夫。父さんの夢を見てただけだから」

ロビンが父親に見えたわけではないと伝えつつ、遊馬は上体を起こして辺りを見回す。

「僕達は確か、高架から中層に落ちたはずじゃあ……」

「ああ。中層に落ちたのは間違いない。途中で何かに引っかかったか、落下地点が柔らかかったのか、大したケガはないな。誰かが、私達をここに連れてきたようだが」

「確かに、あっちこっちが痛いけど、動けないほどでもないか……」

遊馬が寝かされているのは、長椅子の上だった。

木造で質素な建物であったが、天井は高く、埃《ほこり》でくすんだステンドグラスが窺《うかが》える。

教会のような造りだが、祭壇の後ろには、十字架の代わりに見慣れぬ意匠があった。

「流星……？」

「『メテオーラ教団』だ」

それが、流星を彷彿《ほうふつ》とさせる意匠を掲げる施設の宗教団体の名前か。

「流星を崇《あが》めているの？」

「どちらかというと、この地に降ってきた星晶石の隕石《いんせき》だな」

ロビンの言葉に、遊馬はぎょっとした。

アルカがある世界が混沌《こんとん》としているのは、星晶石を多く含む巨大隕石が落下し、環境を滅茶苦茶《めちゃくちゃ》にしたせいであった。

隕石はまさに、終末を齎《もたら》した破壊の王だというのに。

「破壊神や邪神を崇める宗教みたいなものかな……」

「さあな。連中には連中なりの言い分があるようだが、私にはよく分からん」

ロビンいわく、主に中層で活動している団体だという。グローリアの星晶石発電に反対し、アウローラをテロ組織だと忌避していたという第三の勢力だ。

「グローリアにもアウローラにも属さない人達か……。でも、アウローラが中層に侵入した時、動きはなかったけど……」

「メテオーラ教団にいるのは、生きるのに支障がないほどの財力を持ちつつも、戦う力がない一般人だ。グローリアほどの財力と武力もなければ、アウローラほどのハングリーさも持ち合わせていない」

「良くも悪くも、普通の人達ってことか……。でも、そんな人達がなぜ、星晶石を崇めているんだろう。星晶石発電に反対しているってことは、星晶石の恩恵に甘んじているわけじゃないのに」

「それは、星晶石が救いを齎すからです」

場違いなほどに穏やかな声が、遊馬達に届いた。

とっさにそちらを振り向くと、出入り口に美しい女性が佇《たたず》んでいた。金の髪を白い装束に垂らし、慈悲深い微笑を浮かべている。

遊馬の母親と同じくらいの年齢だろうか。母性と聡明《そうめい》さと気品を湛《たた》えた女性は、しずしずと二人に歩み寄った。

「リュミエール司祭……」

ロビンは、警戒の色を露《あら》わにする。

だが、慈悲深さを湛えた女性――リュミエールは、二人から数歩離れたところで立ち止まった。

「お二人は資源集積所で倒れていたのです。大量の段ボールが積まれていたので、上層から落下しても大事がなかったのでしょう。念のため、手当てをしようかと思ったのですが、その様子では問題なさそうですね」

リュミエールの手には、救急箱が携えられていた。どうやら、二人をベッド代わりの長椅子に横たえた後、手当てに使えるものを探していたのだろう。

「た、助けてくださって有り難う御座いました」

遊馬が頭を下げると、リュミエールは「ふふっ」と優しく笑った。

「丁寧な方ですね。救世の巫女《みこ》がどんな方か気になっていたのですが、こんなに可愛らしい方だとは」

「ぼ、僕のことをご存知なんですね……」

「あなたの顔が刻印されたお饅頭《まんじゅう》を食べている方を、よく見かけていましたから」

「ひぃん！」

遊馬は思わず悲鳴をあげる。ビアンカに再会したら、弟にユマ饅頭を販売停止にするよう懇願しようと誓う。

「巫女であるあなたと、ずっとお話をしたいと思っておりました。これも、星晶石のお導きなのでしょう」

リュミエールは、祭壇に掲げられた意匠を見つめる。

「あなた達が星晶石を崇めているって……本当ですか？」

遊馬はリュミエールに問う。すると、リュミエールは迷うことなく頷《うなず》いた。

「ええ。星晶石こそが、天からやってきた救世主ですから」

「星晶石が救世主……？　でも、あなた達の世界に災厄を齎したじゃないですか！」

遊馬は耳を疑った。

だが、リュミエールは穏やかなまま、遊馬の言葉を受け取った。

「災厄を先に齎したのは、人類なのです」

「それって、どういう……」

遊馬はロビンの表情を盗み見るが、彼女は心当たりがあるようで、気まずそうに目を伏せていた。

「人類は、自らの暮らしをよくするために、この星を蹂躙《じゅうりん》してきました。太陽光や風力など、再生可能な発電方法に活路を見出《みいだ》したというのに、星晶石が地中深くで見つかった途端、再生可能なエネルギーに頼ることを捨て、大地をえぐって星晶石を貪《むさぼ》り始めたのです」

遊馬は、アルカの地形を思い出す。

下層のジャンクヤードと中層が収まる場所こそ、巨大な露天掘りの跡であった。大地をくりぬいた途方もない大穴は、環境破壊と言わずに何というのだろうか。

「星晶石を採掘する過程で、地形が変わり、災害が発生する地域が続出しました。そこに住んでいた人々のみならず、無垢《むく》な動物達も棲《す》み処《か》を追われてしまったのです」

それでも、採掘は続けられた。星晶石によって得られる恩恵が大き過ぎて、人々はあらゆる建前をかなぐり捨ててしまったのだ。

その中には、グローリアを立ち上げたロビンの先祖もいた。彼らの爪痕《つめあと》は今まさに、遊馬がいる場所に残っていた。

「そんな中、人類が求めていたものが天から齎され、皮肉にも人類の大半を滅ぼしました。これは、自然や宇宙——すなわち、神の鉄槌《てっつい》なのです。我々を取り巻く自然には大いなる意思があり、それらが人類を裁くべきと判断したのでしょう」

恐ろしい災厄のことを語っているはずなのに、リュミエールの表情は穏やかだった。限りない安心感すら窺えた。

「だから、流星——星晶石の隕石を神格化しているんですね……。それじゃあ、リュミエールさん達は、宇宙の意思に従って人類は滅ぶべきだと思っているんですか？」

遊馬の問いに、リュミエールは少し困ったように微笑んだ。

「大いなる彼らが人類を滅ぼすべきだと判断したのならば、それに従わなければならないとも思っております。しかし、我々には家族もいるし、親しき隣人もいます。彼らが苦しみの中で息絶えるのは耐え難いことですし、大いなる彼らに許しを請いたくなるのが自然でしょう。そういう方々の、救済の場がメテオーラ教団なのです」

「救済って、一体どんな……」

「大いなる意思の表れである星晶石の意志を尊重するのです。そして、星晶石を始めとする自然を貪ることを控え、自然の一つとなって平穏に生きるのです。大いなる意思の怒りの矛先は、驕《おご》れる人類です。ですから、驕りを捨てて自然と一つになることで、救済の道が開かれるのです」

あまりにも抽象的な方法だが、リュミエールの目に迷いはなかった。

教義を聞いた遊馬もまた、成程と納得しそうになった。それだけ、彼女の言葉は力強く、引き付けられるものがあった。

「えっと、持続可能なエネルギーを推進するところは、アウローラに近い考え方ですけど、リュミエールさん達的には、ちょっと違うんですね……」

「はい。彼らは人類が人類として生きることを望んでおり、そのために野蛮な行為も辞さない。我々は平穏に生きたいのです。力なき者に、彼らの行動と主張は共感出来ません」

リュミエールは、はっきりと言い切った。

遊馬にとって、第三の勢力の主張は衝撃的だった。彼らがアウローラに与《くみ》すれば、星晶石を貪るグローリアをもう少し効率よく転覆させることが出来たかもしれないというのに。

根本的な主張は違っても、双方は協力することも出来たはずだ。自らの道は決まっているのに、戦うことを拒絶するとは。

（でも、やりたいことがあるのに戦おうとしないのは、僕達の世界でもよくあることか）

遊馬だって、現政権を全面的に支持しているわけではない。時には、理不尽だと思うことや、意に反することもある。

だからと言って、反対運動をするわけでもなく、母や友人と愚痴をこぼすくらいだ。

自分の主義主張は、ちゃんとある。しかし、なんとなく争いを避けたいので、現状に甘んじてしまうのだ。

（そう考えると、レオンに顔向け出来ないな……）

救世の巫女として担がれていた自分が、そんな臆病《おくびょう》な人間だとは思われたくなかった。

戦いたくないけど、現状から救われたい。そんな人が、メテオーラ教団に入りたくなる気持ちも分かる気がした。

「あなたは、星晶石を貪る組織に与していて、更に、野蛮な仕事をする方ですが――」

リュミエールの話の矛先が、ロビンに向いた。

ロビンは警戒したまま、黙って彼女の言葉に耳を傾ける。

彼女の目には、覚悟があった。グローリアの社長の妹として、非難を甘んじて受け入れるつもりなのだろう。

だが、リュミエールの口から零《こぼ》れたのは、不平の言葉ではなかった。

「弱者の言葉に耳を傾け、状況を改善しようと尽力して下さっていると聞きました。貪る者達の中にも、あなたのような方がいることを心強く感じておりました」

「……そんな言葉、私には相応《ふさわ》しくない。結局、大した成果は出せていないのだから」

ロビンは苦しげに呻《うめ》く。

遊馬は、ロビンと対峙《たいじ》した時のことを思い出す。彼女は、レオンが思い至らなかった弱者のことを気遣っていた。中層に降りた時に、無力な市民の言葉に耳を貸すこともあったのだろう。

「……お前のところの信者はどうしている？　この教会に避難しているのか？」

ロビンがリュミエールに尋ねると、「いいえ」と彼女は答えた。

「我々の拠点は、第壱地区の広場にある聖堂です。私は、中層の各所にある教会を見て回り、避難が遅れた信者達を導いていたのです」

「そうか……。無事ならばいい。物資が足りないのならば手配しよう。……とはいえ、こんな状況だ。無事に辿《たど》り着けるか分からないが……」

「いいえ。物資の不足はありません」

リュミエールは笑みを貼りつかせたまま、そう断言した。

「そ、そうか。蓄えがあるならばいい。早くこの状況を打開出来るように尽力しよう。それまで、そちらが持ちこたえられるよう祈っている。星晶石を崇《あが》めているとはいえ、侵食者になりたくはないだろうからな」

「それは、どうでしょうか」

「えっ？」

リュミエールの発言を、ロビンと遊馬は思わず聞き返した。

リュミエールは相変わらず微笑んでいる。慈愛と温《ぬく》もりのこもった眼で。

「侵食者のお気持ちを、尋ねたことは？」

「い、いいや……。というか、奴らとはコミュニケーションが取れないし……」

「案外、穏やかな気持ちになるのかもしれませんよ」

「そんなわけ、ないだろう……」

ロビンは表情を歪《ゆが》めた。遊馬もまた、侵食されかけて苦悶《くもん》するオウルの様子を思い出し、苦々しげな顔になる。

だが、リュミエールは構わずに続けた。

「では、なぜ侵食者は侵食されていない人間を襲うのでしょう。侵食者同士は、争いをしないというのに」

「……侵食者を侵食している星晶石が、苗床を増やそうとしているから……ですか？」

遊馬は仮説をリュミエールにぶつけてみる。

すると彼女は、「それも面白いですね」と否定も肯定もせず微笑んだ。

「でも、もしかしたら――」

「もしかしたら？」

「星晶石と一つになった素晴らしさを分け与えるために、皆さんに歩み寄っているのかもしれません」

一点の曇りもない、恐ろしいほどに澄んだ瞳《ひとみ》で、リュミエールは主張した。

遊馬は背筋に、ゾッとしたものを感じる。ロビンもまた同じだったのか、顔をこわばらせていた。

「もしそうなら、巻き込まないで欲しいものだ。私は、今の自分で充分だからな」

「僕も、ロビンと同じ気持ちです……」

ロビンと遊馬は立ち上がり、助けてくれたリュミエールに一礼して、教会を去ろうとする。

そんな背中を見送りながら、リュミエールは言った。

「あなた達が星晶石に導かれたくなったら、いつでも門を叩《たた》いて下さい。大いなる星晶石は、あなた達を受け入れるでしょう」

振り向かなくても、彼女があの穏やかな笑みを浮かべていることが容易に想像出来た。

　遊馬もロビンも振り返らず、教会の外に出たのであった。

「……やはり、あいつらとは話が合わないな」

　外に出たロビンは、防塵《ぼうじん》マスクの下でしかめっ面をした。

「何というか、独特だったよね。共感出来ることもあるけど、理解出来ないこともあるっていうか……」

「主張は違えど、連中にも助かって欲しい。くれぐれも、信仰の赴くままに侵食者へ特攻しないで貰《もら》いたいが、あの様子だと時間の問題だな」

「……早く、治療薬を完成させないと」

「ああ。行こう」

　ロビンは歩き出し、遊馬はその後をついていく。

「レオンとドミニク、心配してるよね……。もしかして、僕達を探しているのかな」

「心配をしているだろうが、探してはいないだろうな。運搬する物資の中には、短時間で運ばなくてはいけないものもあった。あの二人は冷静だから、そちらを優先にするだろう。私達の捜索は、その後だ」

「じゃあ、捜索される前に旧研究所に辿り着かないと」

「案ずるな。無線がある」

ロビンは懐から無線機を取り出した。連絡さえ出来れば行き違いになることはない。

「旧研究所までの道のりは私が知っている。あそこは古い施設だから、中層からもアクセスが出来たはずだ」

「そっか。頼もしいよ」

遊馬の言葉に、任せろと言わんばかりにロビンは手をひらひらさせる。

ロビンはレオン達と連絡を取り、徒歩で旧研究所へ行く旨を伝える。彼らは丁度旧研究所に到着したところで、積み荷を降ろしていたとのことだった。

幸い、運搬していた物資は無事だった。遊馬とロビンも、不測の事態があったとはいえ、遅れて到着出来そうだ。

だが、遊馬は胸の中がざわついて仕方がなかった。なにか、大きな違和感を見逃している気がしたのだ。

それでも、先に進まなくてはいけない。遊馬の足取りは妙に重く、少しずつ小さくなる教会を、何度も振り返ってしまった。

侵食者の目をかいくぐりながら旧研究所に辿り着いたのは、それから一時間後のことだった。

僻地《へきち》というだけあって、アルカを囲む壁が間近にある。ドーム状の結界は何らかの装置で維持しているようで、ブゥゥンという低い音が鳴り響いていた。

周囲に建物がほとんどなく、暗雲が渦巻く空がよく見える。道も荒れ果てて、舗装がところどころひび割れていた。

そんな道の先に、廃墟《はいきょ》と見間違えそうな古い建物があった。三階建てのコンクリートの壁は、すっかり色あせて砂の色になっていた。

遊馬とロビンが旧研究所に入ると、レオンが駆け足で出迎えた。

「ユマ！　ロビン！」

「レオン！　よかった、無事で……！」

「それはこっちの台詞《せりふ》だ。お前達も問題ないようだな」

遊馬とロビンの様子を見たレオンは、胸をなでおろす。

旧研究所のエントランスは、吹き抜けのホールになっていた。来客を想定したこじゃれた造りであったが、今は無意味になってしまったためか、装飾の類《たぐい》は埃《ほこり》を被《かぶ》っている。

「ちょっと色々とあったけどね。お陰様で、大したケガもしてないし」

「色々？」

「うん。リュミエールさんって人が、僕達を助けてくれたんだ。レオンは知ってる？」

「……メテオーラ教団のトップか」

レオンの表情が、一瞬だけ曇る。リュミエールはアウローラをよく思っていなかったようだし、レオンも思うところがあるのだろう。

「メテオーラ教団の連中は、中層の総本山に避難しているそうだ。蓄えもあるそうだし、しばらくは問題ないとのことだった」

ロビンもまた、事の次第をレオンに簡単に報告する。

「中層で生活が立ち行かなくなった連中を支援してたみたいだしな。そのための蓄えもあるだろう。が、あいつらがこの状況を静観しているとは思えないんだが」

そう。星晶石を崇める人達が、侵食者が溢《あふ》れているこの状況で何も思わないはずがない。実際、リュミエールは不穏なことを口にしていた。

「それについては、行動を起こす前になんとかしたいところだな」

ロビンは眉間《みけん》を揉《も》んだ。

「ひとまず、俺の方で物資は運び込んだ。後は、復路の護衛をするまで待機していていいそうだ」

レオンは、エントランスのすぐそばにあるロビーを親指で指す。ソファが幾つか設置されているが、どれも埃にまみれていた。

「私達は、どれくらい待てばいい？」とロビンが問う。

「一日かけて、ある程度量産するそうだ。そいつが出来次第、グローリアに運ぶんだとさ」

「それまで待機とは、歯痒《はがゆ》いな。一度本社に戻ればよかったか……」

「いいや。念のため、この施設の警護をしておいた方がいい。ここが襲撃されちまったら、どうしようもないしな」

レオンは、「それに」と遊馬の方を見やる。

「ユマは、ここに用事があるんだろう？」

「……うん」

遊馬には、確認したいことがあった。それは、ドミニクが言っていた、もう一人の研究者のことである。

「おう。無事に着いたか！」

廊下の奥から、ドミニクがやって来た。彼は洗いたての白衣を纏《まと》っており、軍用車を運転していた時よりもずっと、科学者らしかった。

「ドミニク」

「分かってるって」

物言いたげなレオンに、ドミニクは頷《うなず》く。

「丁度、一段落したところだ。ナナシに会って話をするなら、今がチャンスだが」

どうする、と言わんばかりに、ドミニクは遊馬に首を傾げた。

「……ナナシさんに、会いたい」

「オッケー。それじゃあ、ついてきな」

ドミニクは白衣を翻して研究室へと向かう。遊馬は、ちらりとレオンの方を振り返った。

「……ついて行こうか？」

遊馬の不安を察するかのように、レオンが問う。思わず頷こうとする遊馬であったが、逡巡《しゅんじゅん》した挙句に首を横に振った。

「大丈夫。しっかり向き合って、現実を受け止めるよ」

「分かった」

レオンが見送る中、遊馬はドミニクとともに長い廊下を往《い》き、研究室へと辿《たど》り着いた。

厳重な扉を開くと、中は広々としていた。

複雑そうな機械が幾つも並び、天井には剝《む》き出しの配管が張り巡らされている。古い施設と聞いていたが、遊馬の目には充分ハイテクに見えた。

そんな中、猫背で顕微鏡をのぞいている人物がいる。

ドミニクが「ナナシ」と呼ぶと、彼は顔を上げた。

「お前に会いたいっていう奴だ」

ナナシにはそんな風に遊馬を紹介し、遊馬には「こいつがナナシだ」と伝える。

だが、遊馬の耳に、ドミニクの声はほとんど届いていなかった。ナナシと呼ばれた壮年の男性は、紛れもなく――。

「父さん!」

好奇心に輝く瞳《ひとみ》。優しくも理知的な顔立ちと、少し頼りなげな身体つき。そのどれもが、間違いなく自分の父親のものだった。

もう二度と会えないと思っていた父親が、目の前にいる。遺体と対面すら出来ないと思っていた父親が、ちゃんと生きている。

まさか、異世界で再会出来るとは思わなかった。夢かもしれないとすら思った。

だが、父が消えた時にあった違和感は、自分と同じく異世界に転移したからだと考えれば、筋が通っていた。

遊馬はウィッグを外し、巫女《みこ》装束のスカートをたくし上げて走り出す。

「よかった、無事で! また会えるなんて思わなかった! 母さんも、父さんが生きていると知ったら喜ぶよ!」

ナナシに駆け寄った遊馬は、堰《せき》を切ったようにまくし立てる。

一方、ナナシは目を丸くし、困惑したように視線を彷徨《さまよ》わせ、なんとか愛想笑いを作り上げた。

「その……、君がユマ君か。私の息子らしいというのは、ドミニクから聞いていたんだけど……」

だけど、の後に続く言葉は、皆まで言わなくても分かった。

「やっぱり、僕が誰だか分からないの……？」

「……残念ながら」

ナナシは申し訳なさそうに、頭《かぶり》を振った。

よく似た別人というわけではないのは、遊馬がよく分かっていた。父の声や仕草は、そのままだった。

そして、真摯《しんし》に自分と向き合おうとしているにもかかわらず、記憶が蘇《よみがえ》らないことへのもどかしさがよく伝わって来たのだ。

ナナシと名乗った父は、遊馬のことで心を痛めている。そのことが、遊馬にとっても苦しかった。

「クソッ。息子の顔を見たら、何か思い出すかと踏んだんだがな」

ドミニクは、「すまねぇ」と遊馬に謝る。

「いや、その、ドミニクが謝ることじゃあ……」

「親子の感動の対面で、奇跡的に記憶が戻るんじゃないかという浅はかな気持ちがあったからよ」

ドミニクは、ナナシの記憶回復を奇跡に賭《か》けたのだ。バツが悪そうな彼に、「大丈夫」と遊馬は言った。

遊馬は一歩下がると、困惑するナナシに向き直る。

「大事な研究の邪魔をしてごめんなさい。ナナシさんは治療薬の研究に専念してください」

「しかし……」

「僕のことは、後回しにしてくれて大丈夫なので。ナナシさんの仕事に、大勢の命がかかってますし」

頑張ってください、とナナシを激励すると、遊馬は笑顔で手を振り、研究室を飛び出した。「おい、ユマ！」とドミニクが呼び止めるが、聞こえなかったふりをする。

廊下を走り抜け、エントランスの前を横切り、ロビーの前を駆け抜けて、廊下の突き当りで足止めを喰《く》らった。

立ち止まった瞬間、遊馬はへなへなとへたり込む。作っていた笑顔は崩れ、涙がポロポロと溢れた。

「父さん……」

永遠に会えないと思っていた父にようやく再会出来たというのに、その人は父ではなくなっていた。科学者としての彼は生きていたが、父としての彼は失われてしまったのだ。

「父さんはいつも、見知らぬ誰かのためばっかり……」

遊馬の口から本音が零《こぼ》れる。

遊馬も母も、誰かのために役に立とうとする父に置いてけぼりを喰らっていた。父はいつも、大義と研究に生きていた。

もう少し、自分達のことを見て欲しかった。ほんのちょっとでいいから、自分達のことを優先にして欲しかった。

「ユマ……」

背後から、レオンの声が聞こえた。気まずくなって、遊馬は膝《ひざ》を抱えて嗚咽《おえつ》を押し殺す。今は、なにを聞かれても上手《うま》く取り繕える気がしなかった。

だが、レオンは黙って座り込み、遊馬の背中に己の背を預けた。

「俺はここにいる。泣きたいだけ泣け。吐き出したいだけ、吐き出すといい」

それ以上のことを、レオンは口にしなかった。事情を聞かず、励ましの言葉もかけず、ただ、そばにいてくれた。

レオンの広い背中が温かい。父の手のひらの温《ぬく》もりに、よく似ていた。

「うっ……ぐすっ……」

遊馬の嗚咽は、やがて泣き声になり、嘆きになった。レオンはただ、静かに相槌《あいづち》を打って耳を傾けてくれた。

遊馬の目から零れる大粒の涙は膝を濡《ぬ》らしたが、不思議と、安心する温かさだった。


ドミニク達は、治療薬と同時並行でワクチンの開発に勤《いそ》しんでいるという。星晶石の侵食を防ぐためのワクチンがあれば、侵食者になることもなくなるし、防塵《ぼうじん》マスク無しで危険地帯にも行ける。

だが、いかんせん手が足りないので、治療薬をグローリア社に運んだ後、何人かの科学者を旧研究所に招きたいという。その候補には、ステラの名前もあった。

その日は、皆で旧研究所に宿泊し、交代で外を見張ることとなった。

見張りには、遊馬も参加することにした。異常があったら他のメンバーを起こせばいいし、何より、一人になって気持ちを整理したかった。

遊馬は、旧研究所の屋上から周辺をぐるりと見やる。夜風はひんやりとしていて、心地よかった。

夜になると建物のシルエットが闇に溶け込んで、街灯や照明の光だけが浮かび上がっていた。チラチラと瞬く様子は、宝石の輝きのようだと遊馬は思った。

グローリア社とプラントの冷却塔は、遠く離れた旧研究所からもよく見える。塵《ちり》が混じった雲にグローリア社の灯《あか》りが反射し、夜空は不気味に輝いていた。

「レオンのお陰で、だいぶ落ち着いたかな……」

父親を始めとした家族を喪《うしな》ったレオンは、遊馬以上の悲しみと向き合うことがあっただろう。そう思うと、いつまでもクヨクヨしていられないと思った。

「父さんを父親扱いすると、あの人が混乱するだけだ。僕もナナシさんと呼ぼう。別の人だと思えば、なんてことないさ」

それは遊馬の強がりであったが、そう考える他なかった。割り切らなくては、いつまで経っても前に進めないから。

「ん？」

旧研究所の間近で、何かが光った。

遊馬はとっさに無線機を引っ掴《つか》み、双眼鏡で確認する。侵食者などであれば、レオン達に報《しら》せなくてはいけない。

「あれは……！」

そこには、見知った人物が佇《たたず》んでいた。

ミコトである。彼の星晶石のような瞳が、わずかな光を受けて猫のように輝いたのか。

ミコトと、確実に目が合った。彼は遊馬のことを見つめていた。

遊馬は無線機とミコトを交互に見やるが、ミコトは人差し指をそっと自らの唇に添えた。秘密にしろというのだろうか。

　遊馬は無線機を下ろし、階段を駆け下りてミコトのもとへと向かう。点々と灯りが灯《とも》るアルカの街並みを背に、ミコトは笑顔で佇んでいた。

　そのミコトに、どことなく違和感を覚える。存在感が、やけに希薄なのだ。

　だが、夜の帳《とばり》が彼を包んでいるせいかもしれない。遊馬は違和感を振り払い、ミコトに尋ねた。

「ミコト、どうしてここに……!?」

「君に会いに来たんだ。案内をし損ねてしまったからね」

　そうだった。彼に導かれてアルカに再臨したものの、肝心な彼が消えてしまったのだ。

「改めて、君の力を借りたいんだ」

「うん。アルカは大変なことになってるし、僕も何とかしたい。今は、侵食の治療薬を作っているんだ。それさえあれば、たくさんの人が助かるはずだよ！」

　遊馬は興奮気味に言った。だが、ミコトの笑顔は曇ってしまった。

「それは困るな」

「えっ？」

「こんな僻地《へきち》で、そんな研究を進めているなんて知らなかった。グローリアの資料には目を通したはずなのにね。オウル君が捨ててしまったのかな。ヤシロ君は、興味がないことは眼中にないし」

ミコトは、困ったように頭《かぶり》を振った。

「治療薬というのは、体内に取り込んだ星晶石の侵食を止め、排除するものかな。酷《ひど》いよね。せっかく繋《つな》いだ手を振り払おうとするなんて」

「なにを言ってるの、ミコト……」

遊馬には、ずっと意識の外にやっていたことがある。何故、ミコトの瞳《ひとみ》は星晶石と同じ輝きを持っているのか。

疑問に思っていたが、見て見ぬふりをしていた。その理由を考えるのが、恐ろしかったから。

「非合理的なんだよ。星晶石と一つになれば、星晶石の塵に怯《おび》えなくて済むじゃないか。そうすれば、今の環境に適応できる。素晴らしいと思わないかい？」

ミコトは両手を広げ、塵が立ち込める夜空を抱く。

遊馬は、リュミエールが言っていたことを思い出す。

星晶石と一つになった素晴らしさを分け与えるために、侵食されていない人間に歩み寄る。あの状態が環境に適応出来たと考えるなら、理に適っているのかもしれない。

「でも、治療薬とワクチンがあれば、環境に適応出来るじゃないか！　侵食者になって、今の生活を捨てる必要なんてないんだ！」

「だから困るんだよ」

　ミコトは苦笑する。

「なにが……困るって……？」

「それは人間だけが助かる話じゃないか。星晶石はどうなると思う？」

「どうって、治療薬を打たれたら排出されるって……」

「君は友達を捨てるのかい？」

「そんなことしない！」

　遊馬は、思わず否定する。

　何故、ミコトは唐突にそんな質問をしたのだろうか。それではまるで、星晶石が友達であったかのような物言いだ。

「人間は、星から生まれて星に還《かえ》っていく。その過程で、星が——宇宙が生み出したあらゆるものと共に生き、友となる。星晶石もまた、そのうちの一つに過ぎないし、お互いに良き友になれるはずなんだ。だから、人間はこぞって星晶石を求めたのに」

　ミコトはグローリア社の方を見やる。悲しげな眼差《まなざ》しだった。

「要らなくなったから排除するなんて、人間は身勝手だよね」

「人間には、星晶石は早過ぎたんだ……。強力な資源だし、死蔵させるという選択肢はないと思う。でも、今回のような悲劇をこれ以上拡大させちゃいけないんだ」

「何故、悲劇だと思うんだい？」

ミコトの問いに、レオンの顔が頭を過《よ》ぎる。農家の息子だったにもかかわらず、銃を手にして人を撃たなくてはいけなくなった彼を。

そして、オウルが侵食されかけた時のロビンを思い出す。彼女の、絶望に満ちた表情を。

「家族や隣人が侵食者になって襲って来るんだ……！　悲劇じゃなくてなんだっていうんだ！」

「もし――」

声を荒らげる遊馬を、ミコトは右手で制す。

「人類すべてが星晶石と同化して侵食者になったら、その悲劇は解消されると思わないかい？」

「なっ……！」

「君達が恐れているのは分断だ。共同体であった者が、突如、そこから外れてしまうことが悲劇だと思っているんだろう。でも、それは過程に過ぎないのさ。移行期間が済んだら、星晶石と一つになった人類は新たなる一歩を踏み出せる。星晶石と一つになれば、星晶石発電のリスクだってなくなるしね。星晶石と真に共存出来る、持続可能な社会の始まりさ」

　ミコトは街の灯《あか》りを背に、朗々と語った。あまりにも雄弁な様子に引き込まれそうになって、遊馬はぞっとする。

「ねぇ、ユマ君。君にお願いしたいことがあるんだ。僕が直接やっても良かったんだけど、そこまで行くのが難しくて」

「えっ……？」

「治療薬とワクチンを破棄して欲しいんだ。手順は簡単だよ。機械の電源を抜くだけさ。君は信頼されているだろうし、抜くのも容易で、疑われもしないと思う」

「そんなことは出来ない！」

　遊馬はミコトを拒絶する。すると、ミコトは「困ったな」と天を仰いだ。

「君は友達だと思ったんだけどね。友達を助けるのが、君達の文化じゃなかったのかな」

「友達が困っていたら助けるべきだと思うけど、それが多くの人や他の友達を悲しませるならば、僕は出来ない」

「関係性も大事ということかな。人間は難しいな。この件に関して、僕と君は平行線のようだ」

　まるで、自分が人間ではないと言わんばかりの口ぶりだ。

「ミコト、君は一体……」

「もう少し君と話したかったけど、そろそろ時間切れかな。今度は、ゆっくりと対話をしたいものだね」

ミコトが一方的にそう言うと、彼の姿は靄《もや》のように揺らぐ。

「待って!」

遊馬はミコトに手を伸ばすが、その指先は空を切った。目の前のミコトには、実体がなかった。

「また会おう。君が僕の友達であり続けることを、心から願うよ」

ミコトの姿は消え、声だけが響く。遊馬は彼の姿を探して周囲を見回すが、チリッとした痛みが腰の辺りに走った。

「熱っ!」

巫女《みこ》服のポケットに、何かが入っていた。遊馬は熱されたようなそれを取り出し、地面に放る。

「これは、星晶石……?」

遊馬が常備しているものではない、剝《む》き出しの星晶石だった。

虹色《にじいろ》に輝いていた原石は、湯気を出しながらみるみるうちに小さくなり、やがては、溶けるように消えてしまった。

「いつの間に、こんなところに？」

星晶石を入れた覚えはなかった。それどころか、製錬していない剝き出しの星晶石は遊馬以外には毒になる危険性もあった。

一体、いつ入り込んだのだろうか。星晶石の原石がゴロゴロしている場所にも行っていないし、仲間が入れるはずもなかった。

その時である。

遊馬は視界の隅に、動くものを捉《とら》えた。ちらほらと揺らめく虹色の輝きは星晶石で、全体的なシルエットは人間だった。

「侵食者だ！」

遊馬は無線機を取り出すと、レオン達に伝えた。

十数人の侵食者達は、旧研究所を取り囲むようにしてやってくる。

遊馬は、彼らの行く手を阻むべく走り出した。

「ユマ！」

レオンとロビンが、エーテル・ドライブを携えて旧研究所から飛び出す。遊馬は彼らと合流し、自らのエーテル・ドライブでシールドを展開した。

「気を付けて！　治療薬とワクチンを狙っているのかも！」

「なんだと……!?　こいつら、どうしてそんなことを知ってるんだ！」

「僕の……せいかも」

この襲撃は、あまりにもタイミングが良すぎる。それに、ミコトは侵食者を増やそうとしているようだった。

「話はあとで聞く！　まずは、こいつらをどうするか……！」

レオンの銃口が、身体の半分を星晶石に覆われた侵食者に向けられる。だが、その引き金に躊躇《ためら》いがあった。

「目視で侵食率三割を超えていたら、治療薬でもどうにもならねぇ！　あと、頭が侵食されちまってる奴も無理だ！」

旧研究所の窓から、ドミニクが身を乗り出して忠告する。研究所を囲んでいる侵食者達は、全て手遅れであった。

「クソッ、やるしかないのか……！」

レオンは苦々しげに呻《うめ》く。

「二手に分かれよう！　私は裏手に行く！」

ロビンもまた、悔しげな面持ちのまま裏手へと向かった。

「了解。俺は正面から来る連中を片付ける！　ユマは、出入り口から連中が入らないよう、防衛してくれ！」

「分かった……！」

遊馬はレオンに頷《うなず》き、ドミニクの方を見やる。彼の背後では、ナナシが心配そうにこちらを見ていた。

「大丈夫。あなたは研究に専念して」

距離は離れているし、この混乱の中だ。ナナシには聞こえないだろう。

それは、遊馬が自分自身に立てる誓いのようなものだった。父への未練を断ち切り、彼を守るという新たな決意の表れだった。

レオンとロビンが侵食者を葬り、遊馬が旧研究所を防衛する。混沌《こんとん》とした状況は、長く続かなかった。

レオンの双銃が最後の侵食者を焼き尽くすと、その場にいた全員が、重々しい溜息《ためいき》を吐いた。

「治療薬があるってのに、助けられねぇ奴はいるのか……」

レオンの呻きに、ドミニクもまた眉間《みけん》を揉《も》んだ。

「侵食され過ぎてる奴はもう、人間というよりは動く星晶石だ。侵食していた星晶石を排除したところで、生命を維持するほどの機能は残っちゃいない」

「つまりは、重症になった侵食者が増える前に、住民に行き渡るほどの治療薬を完成させなくてはいけないわけか……」

ロビンもまた、エーテル・ドライブの刃《やいば》をしまいながら、苦い顔をする。

「それにしても、襲撃があった時に気になることを言っていたな」

レオンは、遊馬に話題を向ける。全員の視線が、遊馬に集まった。

「まずは、ごめん……。治療薬とワクチンのことを漏らしたかもしれない」

遊馬はそう前置きをして、ミコトと接触した時のことを包み隠さずに伝える。全てを話し終えた時、レオン達は顔を見合わせていた。

「それは確かに、ミコトっていう奴が手引きしていたかのようなタイミングだな。しかも、そいつはグローリア社でヤシロ・ユウナギと一緒にいて、今は一緒に行方不明になってるんだろ?」

レオンがヤシロの名前を出すと、ロビンは思うところがあったのか、目を伏せる。

「それに、ユマが持っていた星晶石の原石も気になるな。そいつが何らかの衝撃で砕けて塵《ちり》が発生して、それに気づかずに俺達がマスクを外していたら、お陀仏《だぶつ》になってたはずだぜ」

ドミニクは、星晶石の原石が溶けて消えたという場所を見やる。乾いた土には、焦げ付いたような跡が残っていた。

「一度だけ、僕の服に入れるチャンスはあった……」

記憶の糸をたぐり寄せていた遊馬は、あることに思い至った。

「まさか、メテオーラ教団の……」

ロビンもまた、察したようだ。遊馬は彼女に頷く。

「うん。リュミエールさんは、僕達を助けてくれた。それと同時に、僕達をどうすることも出来たはずなんだ」

ロビンはとっさに、服の上から自らのポケットを探る。だが、星晶石が入っている様子はなかったようで、胸を撫《な》で下ろした。

「彼女は、意図して僕の服に星晶石を忍ばせたんだと思う。その星晶石が、ミコトと僕を繋《つな》ぎ、侵食者に合図を送ったのかも。星晶石同士は、引かれ合うから……」

「それじゃあ、リュミエールはお前とミコトの関係を知っていることになるぞ。それどころか、ミコトとリュミエールが……」

「繋がっていても、おかしくないかなって。二人とも、人間が星晶石に侵食されることを望んでいるからね……」

点と点が、少しずつ繋がっていく。

この騒動の全ては、計算して引き起こされたのではないだろうか。

話を聞いていたレオンは、露骨に舌打ちをした。

「だったら、侵食者を操れるのか、コミュニケーションを取れるのかもしれないな。ハイウェイで侵食者に襲われたのも、偶然じゃないかもしれないぜ」

レオンの言葉に、遊馬はハッとする。

リュミエールは、何故か遊馬達が上層から落下したことを知っていた。遊馬もロビンも、リュミエールに話していないというのに。

「もしかして、最初から僕を狙って……？」

「それもあるだろうし、旧研究所の動きも怪しいと思ったのかもしれないな。ユマがミコトに話さなくても、斥候に嗅ぎつけられていただろうよ」

レオンは、遊馬の背中を軽く叩《たた》く。だから気にするな、と言いたいらしい。

「とにかく、治療されちゃ困る奴がいて、それを妨害する動きがあるなら、見逃してはおけないな」

レオンは、ホルスターに収めた双銃に手をやる。鋭い眼差《まなざ》しの彼から、ピリッとした殺気を遊馬は感じた。

レオンは再び、牙《きば》を剝《む》こうとしている。未来への道を阻もうとする輩《やから》に、抵抗しようというのだ。

「俺達を邪魔するのなら、そいつらを迎え撃つだけだ。メテオーラ教団の司祭様は、聖堂を拠点にして、大胆にもお前を迎えようとしているわけだろ？　裏にどんな意図があるかは分からねぇが、行ってやろうじゃないか」

「そうだね。真実を明らかにするためにも、リュミエールさんに会わないと。彼女がミコトと繋がっているなら、ミコトが何処にいるのか、何をしたがっているのかも聞きたいし」

そして、ミコトは何者なのかも知りたい。彼はどうして、あんなにも星晶石と人間を一つにしたがっているのか。

「私も行こう。足は引っ張らない」

ロビンはそう言って、一歩踏み出す。

「寧《むし》ろ、同行してくれるなら頼もしいくらいだ。俺とユマだけじゃ手に余る」

歓迎するレオンに、「すまない」とロビンは頭を下げた。

「グローリア社の経営をして来た一族の一人としてけじめをつけたい。それに……」

「それに？」

「ヤシロの行方を知りたいんだ。あいつが何処にいて、何を考えて、何をしようとしているのか。あいつはずっと、孤独なやつだった。それが、ミコトと行動をともにするようになって、私も安心していたのだが……」

ロビンは、きゅっと下唇を噛《か》む。

「そうか……。ヤシロ・ユウナギのことはお前に任せる」

レオンは静かに、ロビンにヤシロのことを託した。ロビンは感謝をするように、深く頷く。

「ヤシロか……。確かに、優秀な科学者だったが、いつも一人でいたな」

ドミニクは髭《ひげ》をさすりながら、ヤシロのことを語り始める。

「少しだけ、あいつと本社で働いたことがあったが、一人でいる割には、こっちのことをよく眺めているんだ。んで、話でもしたいのかなと思って飯に誘っても、すまし顔で華麗に断ってよ」

「あいつは仲間に入れて貰《もら》いたくて見てるんじゃない。人間観察をしているんだ。他の研究員と関わろうとしないくせに、他の研究員のことをよく知っていた」

ロビンは、懐かしむようにそう言った。そんな彼女を、ドミニクは目を丸くして眺めていた。

「何か……？」

「いや、あいつとちゃんとコミュニケーションを取ってるんだなと感心しただけだ。他の研究員の話なんて、聞いたことがなかったしな。嬢ちゃん、相当あいつに気に入られていたぜ」

「……そうなら、いいんだが」

ロビンは苦笑する。それ以上、誰も彼女に踏み込めなかった。

その後、朝になったら完成した治療薬と一緒に、遊馬とレオン、そしてロビンがグローリア社に届けることになった。態勢を整えてから、中層のメテオーラ教団の総本山に向かう手筈《てはず》だ。

グローリア社には兵器もあるし、治安維持部隊という戦力もある。危険が予想される中、寄らないという選択肢はなかった。

また、ドミニクは既に、科学者の派遣を本社に要請したという。ドミニクとナナシは治療薬の更なる量産とワクチンの開発に専念し、ステラを始めとする派遣科学者は、治安維持部隊の護衛をつけつつ、治療薬の第一陣が到着次第、荷物を運搬してきた軍用車に乗って旧研究所に来るそうだ。

話がまとまり、遊馬は仮眠室に向かう。出発は朝早いので、少しでも寝ておかなくてはいけなかった。

そんな時、「ユマ君」と呼び止められた。

「父《とう》……ナナシさん……」

遊馬を呼び止めたのは、ナナシであった。彼の目にはまだ困惑の色が強く、記憶は戻っていないようだった。

「君も、戦場に赴くのか？」

「戦場になるかどうかは分かりません。出来れば、全部話し合いで解決したいです。でも、それが無理ならば、戦うことになるかもしれません」

「……ドミニクから、君のことは聞いた。君は争いのない場所から来たそうじゃないか。私がいた世界のことは、おぼろげに覚えている。世界の全てが安全というわけではないが、少なくとも、私の周囲は安全で、全てが潤沢にあった。そんなところから来て、しかも、君が私の息子だというのなら——」

ナナシはしゃがみ込み、遊馬に目線を合わせる。そして、懇願するようにこう言った。

「どうか、危険な目に遭わないで欲しい。君がこの世界の住民でないのなら、君が危険を冒す必要はないはずだ。私がドミニクやレオン君達を説得するし、君が戦わなくていいように研究を進める。だから、安全に過ごして欲しい。還《かえ》る方法が分からないのなら、私が力を貸すから」

ナナシは記憶を取り戻していなかった。だが、遊馬のことを真剣に守ろうとしていた。

遊馬は静かに瞼《まぶた》を閉ざす。父が記憶を失っていなくても、同じことを言っただろう。やはり、この人は自分の父親なのだ。

「大丈夫」

遊馬の唇から、自然とそんな言葉が零《こぼ》れた。

「いや、状況は大丈夫とは言えませんけど、僕の気持ちは大丈夫です。強制されているわけでもないし、流されているわけでもない。僕はこの世界の人間じゃないけど、この世界の役に立ちたいと思ってる。ここには友人がいて、あなたがいる。だから、あなただって力を貸しているんでしょう？」

遊馬は真っ直ぐナナシを見つめ、ナナシも真っ直ぐに遊馬を見つめ返した。

驚いたような顔をしていたナナシであったが、やがて、ふっと微笑んだ。あまりにも優しく、あまりにも深い父親の笑みだった。

「確かに、右も左も分からない私に良くしてくれた友人の——ドミニクの力になりたいと思っている。それに、こんな世界で必死に生きようとしている健気《けなげ》な人達の助けになりたいと感じている。そこにはもちろん、君だって入っている。その気持ちに保身なんて関係ない。そういうところは、親子だということか……」

そうだった。父は見知らぬ人のために頑張っていたが、その中には、遊馬も含まれていると言っていたではないか。身近な愛《いと》しい誰かのために献身するのは、父も遊馬も同じだったのだ。

「僕は僕が出来ることをやります。だから、ナナシさんはナナシさんの出来ることをしてください。くれぐれも、無理はしないで。ちゃんと寝て下さいね」

「ははっ、至極真っ当なアドバイスだね」

ナナシは苦笑する。だが、その表情は晴れやかでもあった。

遊馬はずっと、遥《はる》か遠くにいる父の背中を眺めつづけていた。だが、ようやく父と並び、一人の人間として接することが出来たような気がした。父と息子を超えた関係になれたのだろうか。

「お互い、無理をしないように生き残ろう。また、君に会えることを祈っているよ。その頃には、記憶が戻っているといいんだが……」

「記憶が戻ってくれれば嬉《うれ》しいですけど、今のナナシさんも好きですよ」

遊馬とナナシは固い握手を交わし合う。ナナシの手のひらは大きかったが、遊馬はその分、強く握り返したのであった。


グローリア社に向かう車は、ロビンが運転した。彼女のハンドル捌《さば》きは荒く、遊馬とレオンはずっと座席にしがみついていた。

だが、ロビンの思い切った運転のお陰で、侵食者の追撃を避けることが出来た。彼らはあちらこちらで待ち伏せをしており、治療薬の到着を妨害しているのは明らかだった。

一方、旧研究所周辺には、レオンが念入りにトラップを仕掛けておいた。ドミニクも銃の扱いを知っているらしく、しばらくの間、時間稼ぎは出来そうだった。

グローリア社に辿《たど》り着くと、バーバラが率いる治療班がそれを引き取り、ステラを始めとした派遣研究者が車に乗った。

「やれやれ。無事に再会したのに、またお別れだなんてね。ま、全部終わったら打ち上げでもしましょうか」

ステラは相変わらずのノリだったが、目元には疲労が色濃く出ていた。他の科学者もそうだ。護衛として乗り込んだ治安維持部隊もまた、少しやつれているように見える。

皆、まともに休めていないのだ。

長期戦になればなるほど状況は悪化し、取り戻すことが出来なくなる。ここで一気に攻め込まなくてはいけないと、遊馬は自らを律した。

「治療薬を届けてくれて有り難い。まずは、保護した侵食者に投与しよう。バーバラ博士らが経過観察をしてくれるはずだ」

旧研究所に向かう治安維持部隊を見送ったムラクモは、遊馬達にそう報告した。彼は大きな荷物を背負っているが、平然とした表情のままだった。

「兄さ……社長の容態は？」

ロビンは、遠慮がちに尋ねた。

「落ち着いている。まだ安静にしているように言われているが、ベッドの上から指示を出している。幸い、侵食が脳に達していなかったようでな。出発する前に、会いに行ってやるといい」

「……分かった。有り難う」

ロビンはぺこりと頭を下げると、オウルが寝かされているという部屋に向かう。廊下の向こうにその背中が消えたのを確認すると、ムラクモは遊馬とレオンに向き直った。

「中層の商業施設の避難所にも、物資の支援と部隊を配置した。かつてレジスタンスとして戦った君の同志がいる以上、戦力的には問題ないと思うが、一般人が多かったからな」

「助かる。お前達とは対立したのに、こうして手を取り合う時が来るとはな」

レオンは皮肉めいた苦笑を浮かべる。だが、ムラクモは表情一つ変えず、淡々としていた。

「そういうものだ。立場が違えば敵対し、立場が同じならば協力し合えばいい。お互いに、個人的な感情さえ抱いていなければな」

「……イマイチ感情が読めない奴だな。お前は、俺をどうとも思ってないのか？」

レオンは不可解そうな顔をする。

ムラクモはオウルに対して忠義を貫いているようだし、オウルの手を煩わせていたアウローラには何らかの感情を抱いていそうだと、遊馬も思っていた。

ムラクモはレオンを静かに見やると、冷静に告げた。

「君のことは優秀な戦士だと思っている。だが、無駄が多いとも思っているな」

「あ？」

「気分を害したのなら謝罪しよう。だが、せっかくの機会だから聞いてみたいことがある。これは個人的な興味で、俺が所属している組織とは関係がない」

「回りくどい奴だな。何だって？」

レオンはどうも調子が合わないようで、ぶっきらぼうに尋ねる。それに対して、ムラクモは淡々と続けた。

「通常兵器を使ったことは？」

「多少はあるが、ほぼエーテル・ドライブに頼りっきりだな。そう言えば、お前はエーテル・ドライブを使ってないが……」

それは、遊馬も気になっていた。副隊長のロビンがエーテル・ドライブを使用しているというのに、隊長のムラクモが使用したのを見たことはないのだ。彼は常に、通常兵器を使用していた。

「エーテル・ドライブは、威力が高すぎる」

「確かに、威力は高いな。だが、高いに越したことはないんじゃないか？　特に、治安維持をするならば、威嚇ぐらい出来た方がいいだろう」

確かに、殺傷能力が高い兵器を持っていると敵に知られれば、敵は戦いを避ける可能性もあり、無駄な戦闘の抑止力になる。レオンがエーテル・ドライブを持つ理由の一つにも含まれているのだろう。

「その役目はロビン副隊長が担っている。俺はただ確実に――始末をするだけだ」

その一言に、遊馬とレオンが息を呑《の》んだ。

ムラクモは、アウローラとともに反旗を翻したロビンを撃つのに躊躇《ためら》いがなかった。

そして、侵食されかけたオウルも始末しようとしていた。

表情の乏しい男だが、ムラクモからは彼らへの確かな気遣いが窺《うかが》える。それなのに、引き金を容赦なく引くのだ。

「エーテル・ドライブは威力が高く、エネルギーが拡散しやすい。だから、確実に始末をするのには向かない」

「……何が言いたい」

「もし、この災厄が人為的に引き起こされているのならば、その中心となる人物は話し合いで説得出来るような者ではないだろう。その場合、強制的に幕を引くことも考慮すべきということだ」

侵食者が溢《あふ》れているこの状況が、自然や事故から生じたものであれば、その原因を取り除けばいい。だが、人の信念があって生じたものならば、どうするか。

答えは一つしかない。その場合も、取り除くのだ。

人の信念があった場合、遊馬は話し合いをしたいと思っていた。レオンもまた、降りかかる火の粉を払うつもりでいるものの、遊馬と同じ気持ちだろう。

だが、目の前の男は、その甘さを見抜いているのだ。

「相手を排除しなくてはいけない場合、確実に終わらせるにはエーテル・ドライブでない方がいい。不可思議の高エネルギーよりも、鉛玉か鋼鉄の刃《やいば》の方が信頼出来る」

ムラクモはそう言って、懐から拳銃《けんじゅう》を取り出す。オウルを始末しようとした、あの銃を。

目の前に差し出されたそれを、レオンはじっと見つめる。だが、彼は首を横に振った。

「お前が言っていることは一理あると思う。だが、どうにもならねぇと思って切り捨てちまったら、そこで終わりだ。それが現実的でない理想だというのは分かっているが、お前からそいつは受け取れない」

「気持ちの問題、というところか」

「ああ。それを受け取ったら、俺は足掻《あが》こうと思った自分を裏切ることになる」

レオンの獅子《しし》の目と、ムラクモの鷹《たか》の目が睨《にら》み合う。先に目をそらしたのは、ムラクモであった。

「君の心情は分かった。流石はアウローラを率いていただけある。相当な頑固者のようだ」

「……さっきから、微妙に喧嘩《けんか》を売ってるな」

一言多いムラクモに、レオンは顔を引きつらせる。

「すまないな。口を開くと碌《ろく》なことにならないから、普段は黙っているんだが」

言い方よりも、すまし顔の方が反感を買っているんだろうな、と遊馬は密《ひそ》かに思う。

ムラクモは廊下の奥に誰もいないのを確認すると、続けた。

「ロビン副隊長は、行方不明になっているユウナギ博士と行動を共にすることがあった」

ヤシロは昔から、研究サンプルを入手するためといって、頻繁に坑道へ赴いていたという。彼は危険を顧みず、それを見かねたロビンが護衛を買って出たのだ。

それで、ロビンはヤシロをよく気にするようになった。ヤシロもまた、他の者に比べて、ロビンとは打ち解けているようだった。

だが、ある日を境に、ヤシロはロビンからエーテル・ドライブの使い方を教わるようになった。「あなたの手を煩わせることがないように」というのが、ヤシロの理由だという。

「ん？　それじゃあ、あいつはエーテル・ドライブを使えるのか？」

レオンの表情が険しくなる。ムラクモは、静かに頷《うなず》いた。

「どれほどのものかは俺も知らない。だが、ロビン副隊長は優れた指導者だ」

実際、治安維持部隊の精鋭の一部は、ロビンに鍛えられたのだという。

「ロビン副隊長は優秀な戦闘員だ。しかし、情に左右されやすい」

「……それは確かに。つまり、ヤシロが黒幕だった時、ロビンは刃が鈍るかもしれないってことか。そのフォローを、俺にして欲しい、と」

レオンはようやく、ムラクモの意図を理解したらしい。

しかし、ムラクモは首を横に振る。

「そうしようと思ったが、やはり、君も適任ではないようだ。信念を曲げさせるのは忍びない」

「だが、ロビンの……仲間のためなら――」

レオンが反論しようとするのと、ムラクモが背負っていた荷物を下ろしたのは、同時だった。

ファスナーを開けると、そこには銃器が収められていた。

銃身が長く、自己主張の強いスコープがついている。遊馬はこれを、ゲームで見たことがあった。スナイパーライフルだ。

遠距離にいる標的を確実に仕留める、無慈悲なる鉄槌《てっつい》である。

「俺が同行しよう。万が一の時の、保険として」

「お前……」

「俺は元々、こういう仕事を得意としていた。そこを、オウル社長に拾われた」

ムラクモに躊躇いがなく冷静さを欠かないのは、それゆえだった。彼は、感情を押し殺す仕事を生業《なりわい》にしていたのだ。

「俺はアルカの人々を救うための保険を務めよう。君達は英雄や巫女《みこ》としての務めを果たせばいい」

「そんな汚れ役、押しつけられるかよ……！」

レオンは反論するものの、彼も分かっているのだ。誰かが引き金を引かなくては、道が開かれないこともある。アウローラで汚れ役を買って出ていたレオンは、それを痛感しているだろう。

「人には適材適所というものがある。今回はたまたま、この役目が俺だというだけだ」

ムラクモは静かにそう言って、スナイパーライフルをしまう。

彼はスナイパーライフルを背負い、「最後に」と踵《きびす》を返しながら付け足した。

「メテオーラ教団の総本山に赴くという作戦は、俺も賛成だ。侵食者の目撃は、あの地区が異様に多い。また、侵食者の身元を確認したところ、八割がメテオーラ教団に属していた」

「……そうかい」

レオンは辛うじてそう呻《うめ》き、遊馬に至っては言葉にならなかった。点と点を繋《つな》げて見えた線の、答え合わせが出来てしまった。

「聖堂の見取り図はこちらにある。ロビン副隊長を呼ぶついでに取って来よう。君達はしばらくの間、休息していてくれ」

「あの、ムラクモさ……ムラクモ！」

遊馬は立ち去ろうとするムラクモを呼び止める。

「なんだ？」

「リュミエールさんを撃つのは、どうしようもなくなってからでいいと思うんだ。その前に、出来ることをしよう」

「例えば？」

ムラクモに問われた遊馬は、レオンとムラクモを交互に見やりながら提案する。

「僕達に必要なのは、この混乱を治める方法だ。原因を見つけてから、それをどうやって取り除くか考えればいい。とにかく今は、原因を見つけることに専念しよう」

遊馬の案はこうだ。

まず遊馬が、リュミエールを疑わずに誘いに乗った振りをして、リュミエールと接触する。その隙に、レオンとロビンが聖堂の裏手から侵入し、物的な手掛かりを探るのだ。

充分な手掛かりを集められれば、リュミエールに手荒な真似をせずに済むかもしれない。遊馬が会話でリュミエールから情報を聞き出せれば、尚《なお》いいだろう。

「リュミエールさんは僕を勧誘していた。いきなり物騒なことはしないはず。でも、彼女が侵食者と繋がっているのなら、聖堂の中に侵食者が潜んでいるかもしれない。だから、レオンとロビンには危険な仕事を頼むことになるけど……」

「それを言うなら、お前の方が危険だろう」

レオンはぎゅっと眉間《みけん》に皺《しわ》を寄せる。

「そういう時に、『保険』を使えばいい」

ムラクモは、背負ったライフルを誇示しながらそう言った。

「君は、見晴らしのいいところにリュミエールを誘い出して対話。万が一の時に、俺が彼女を仕留める。それでいいだろう」

「でも――」

「友人を安心させるのも君の仕事だ」

遊馬はレオンを見やる。レオンは、静かにムラクモに頷いた。

「保険があった方が、俺達も安心して動けるってもんだ」

「……そうだね。頼むよ、ムラクモ」

「ああ」

ムラクモは短く頷く。

ならば、ムラクモの引き金を引かせないようにしなくては、と遊馬は気を引き締める。傷つく人間は、一人でも少ない方がいい。

対立し合う者達でも、何処かで繋がり合えるものがあるはず。遊馬はそんな希望を捨てきれず、そっと胸に抱いたのであった。

EPISODE 03

クリスタル・プラネット

夜の闇に紛れ、遊馬達は中層の聖堂へと赴く。

メテオーラ教団の総本山とは言え、建物は木造の質素なものだった。美しいステンドグラスと意匠がなければ、宗教施設だとは思えないだろう。

きっと、力を行使することも出来ず、星晶石にすがりついた人々が、自分達の力と技術を詰め込んで健気《けなげ》に建てたのだ。

質素な造りであったが、塗装は実に丁寧であった。星晶石を思わせる華やかな七色なのだが、街に溶け込めるほど上品な色調になっていて、信者の善良さを窺《うかが》わせた。

聖堂の正面に立てば分かる。

そこにあるのは厳かさではなく、弱者がすがりつけるような温かさがあった。とてもではないが、そのトップが人を侵食者に変えているとは思えない。

「いや……。もし、彼らにとってそれが救いならば、有り得るのか……」

遊馬は、正面の扉のノッカーを叩《たた》いた。

レオンとロビンは、既に裏手に回っている。このノッカーの音は合図も兼ねていた。

それほど待たずに扉が開き、あの美しい司祭が現れた。桜の花びらのような唇に微笑みを湛《たた》え、遊馬を快く迎える。

「巫女よ。またお会い出来たことを、心より嬉《うれ》しく思います」

「それは何よりです……。僕、どうしてもリュミエールさんのお話を聞きたくて」

「それならば、どうぞお入りください。外は物騒ですから」

リュミエールは聖堂から半歩踏み出すと、遊馬を誘導するように背を押した。

遊馬は覚悟を決めて、それに従う。背後で扉が閉められると、いよいよ逃げ場を失った心地すらした。

「物騒というのは、侵食者がいるからですか？」

エントランスからすぐのところに、礼拝堂があった。大きな窓があり、外界の光を取り込めるようになっている。

遊馬はリュミエールと話しながら、その中心にやって来た。そこならば、近くの高所に潜むムラクモから見えるからだ。

リュミエールもまた、遊馬とともに礼拝堂にやって来た。正面に掲げられている意匠を見上げながら、悲しげに答える。

「いいえ。物騒なのは、彼らを砕く輩《やから》です。時に、ロビンさんはいらっしゃらないのですか？」

「彼女は……来ません」

振り絞るような遊馬の言葉に、リュミエールは勝手に察したらしい。物憂げに目を伏せる。

「そう、ですか。やはりあの方も、星晶石を利用することしか考えていない者達の一味だったということですね。……嘆かわしい」

そうじゃない、と遊馬は反論しそうになったが、唇を嚙《か》んで堪《こら》えた。

「しかし、彼らもいずれ、救済に至ることでしょう。私は、どんな方であれ、苦しみから解放されて欲しいのです」

「……リュミエールさんの言う、救済ってなんですか？　大いなる意思の表れである星晶石の意志を尊重するって仰《おっしゃ》ってましたけど、もっと具体的なことを知りたくて」

聖堂の中はぼんやりと明るい。燭台《しょくだい》では炎が揺らぎ、グローリア社の星晶石発電に依存していないようだった。

そう言えば、大勢の信者が避難しているはずなのに、聖堂の中はやけに静かだ。彼らが静けさを好むとしても、生き物の気配や息遣いくらい伝わってくるだろうに。

嫌な予感が的中しないことを祈りつつ、遊馬はリュミエールの話に耳を傾ける。

「人類が星晶石を一方的に貪《むさぼ》り、自然を侵したことで宇宙が怒り、星晶石の隕石《いんせき》を降らせたのならば、我々もまた自然に回帰することで救いを得るのです」

リュミエールが語るたびに、蠟燭《ろうそく》の灯《あか》りを受けて二人の影が揺らめく。聖堂の壁に映し出された巨大な影は、恐ろしい異形のようにも見えた。

「人類でなくなれば、自然の許しを得られて適応出来、今の世界でも苦しまずに暮らせます。それは逃げだと仰る方もいますが、私は、逃げることが必ずしも間違っていると思えないのです。立ち向かう力がない者なんて沢山いる。そんな方々が無謀にも立ち向かい、未来を失ってしまうよりも、逃げて未来を摑《つか》んだ方が良いと思っているのです」

「それは、確かに……」

誰もが、アウローラやグローリアのように戦えるわけじゃない。

戦う力を持たない者や、戦いを避けたい者に、戦いを回避する未来があってもいいはずだ。元々、戦う術《すべ》を持たなかった遊馬は、逃げる道を選んだ人々にも共感を覚える。

だが、それよりも、遊馬は気になることがあった。

「人類でなくなれば……？」

適応、苦しみからの解放。何処かで、聞いたような話だ。

リュミエールは慈愛に満ちた笑みを浮かべ、真っ直ぐな眼差《まなざ》しで遊馬を見つめる。

「はい。全ての人々が、星晶石に愛された者――あなた達の言う侵食者となれば、現在の環境に適応出来、苦しみから解放されるのです」

リュミエールは、誇らしげに言い放つ。それが正しい道だと、信じて疑わないかのように。

「そんなこと……！」

「今は星晶石に愛されている者と、星晶石を拒絶する者で分断が発生しております。だからこそ、人々はその摩擦に苦しむのです。しかし、全てが星晶石に愛されれば、その苦しみも消えて、真の幸福が訪れるはずです」

「じゃあ、もしかしてあなたは、信者を侵食者に……」

「はい」

嫌な予感が、的中してしまった。

「彼らは、星晶石の原石を取り込んで星晶石と同化し、自然の一つへと回帰したのです。彼らはこれから、どこにでも行けます。アルカの外に出て、荒野を駆け抜けることだって！」

リュミエールの目は純粋で、表情は歓喜に満ちていた。

一方、あまりにも強い拒否感に、遊馬は言葉を失った。

「アルカはグローリア社のプラントが支えて来ましたが、それでも資源には限りがあり、いずれは尽きてしまいます。その時、弱者から切り捨てられてしまう。私はそういった社会をなくしたい。弱き人々の助けになりたいのです」

「だからと言って、侵食者になることが救いなわけがない！　あなたは、ちゃんと見たんですか!?　侵食者の虚《うつ》ろな目を！　意思など感じられぬ、生ける屍《しかばね》さながらの姿を！」

「そう感じるのは、あなたが星晶石に愛されぬ身体だからです。星晶石と一つにならなくては、彼らの幸福さは理解出来ないでしょう」

リュミエールは、悲しげにそう言った。

遊馬は星晶石に侵されない。それを、リュミエールも知っているのだ。

「じゃあ、どうして僕をここに招いたんだ……！」

「あなたに私達の考えを理解してもらうため。そして、星晶石を受け入れぬ方々を説得してもらうためです」

「僕が……説得……？　みんなに、侵食者になるように……？」

遊馬は眩暈《めまい》を感じる。まさか、そんな恐ろしいことを、リュミエールが考えていたとは。

「はい。あなたは巫女《みこ》として多くの支持を集めています。メテオーラ教団の教えに耳を貸さない方々も、あなたのことを信頼しているはずです。ですから、私の代わりに、彼らに伝えて欲しいのです。これは――救済なのだと」

「そんなこと……」

「これは、彼らを救うためなのですよ。あなたも、彼らにはこの災厄を乗り切って、この世界で自由に生きて欲しいでしょう？」

リュミエールは、囁《ささや》くようにそう言った。

遊馬はこの時初めて、リュミエールの恐ろしさを知った。彼女は人が人を想う気持ちに敏感で、それを利用することに長《た》けているのだ。

いいや、彼女自身に、利用するという意識すらないのだろう。彼女は善意を以《も》って、人を破滅に導くのだ。

（きっと、彼女達にとって、侵食者となることは本当に幸せなんだ。僕達と彼女達の価値観は、決定的に違うんだ……！）

人の価値観というのは、一様ではない。誰かにとって大切なことは、誰かにとって不要なことかもしれない。

遊馬の世界でも、多様な考えが認められてからは、抑圧されていた少数派の価値観を持つ人々や、社会的に不利であった人達が声をあげ、昔からある価値観と衝突を繰り返していた。

メテオーラ教団の価値観も、多様なものの一つなのだ。だが、メテオーラ教団の考えを許容してしまったら、多くの人が望まぬ結末になる。

星晶石発電反対派のアウローラと、星晶石発電推進派のグローリア社の対立が上手《うま》く解消されたので、遊馬は勘違いしていた。人と人は話し合えば、一つになれると思っていた。

だが、その考えは甘かった。アウローラとグローリアの件も、遊馬はほんの一部しか見られていない。巫女の与《あず》かり知らぬところで、対立したままかもしれなかった。それか、いずれかが自らの主張を押し殺しているからこそ、協力関係が保てているのかもしれなかった。

全てを救うことは出来ない。全てを幸福にすることは出来ない。

それならば、遊馬はどうすればいいのか。

葛藤《かっとう》する中で、父のことを思い出す。父は、遊馬を含む人類の未来のために貢献しようとしていた。

(身近な人を守ることを考えるしかないのか……)

自分の手の届く範囲の人達の幸福を願う。それが、遊馬に出来る精一杯のことだった。

そして身近な人とは、逃げずに自らの意思で立ち向かうレオン達のことだ。

「出来ません」

遊馬はリュミエールを拒絶した。

「僕が愛する人達は、自らの力で道を切り開こうとしています。彼らが傷つけて来たものにも、ちゃんと向き合おうとしているはずです。だから、彼らに逃げ道を提供することは、出来ません」

「そう……ですか」

リュミエールは悲しげに表情を歪《ゆが》め、一歩下がる。

「巫女であるあなたの力を借りられれば、穏便に済ませられると思ったのですが――」

リュミエールはうつむく。

遊馬の胸には、彼女への罪悪感と違和感が生じた。

星晶石と一つになることを推進しているのに、リュミエール自身は星晶石の力を借りないのだろうか。侵食者となったら、人々に原石を与える『救済』活動が出来ないからだろうか。

いいや。リュミエールは、侵食者となったら自己を失うとは考えていないようだった。

（あれ？　そういえば、僕を迎えた時、違和感がなかったか……？）

遊馬は、記憶の糸をたぐり寄せる。

聖堂のノッカーを叩《たた》いた時、彼女は笑顔で遊馬を迎えた。聖堂から外に踏み出し、背中を押しすらしたのだ。

この世界の人達にとって、星晶石の塵《ちり》は毒だったはずだ。そして今、有毒な塵はアルカ内を漂っている。

だから、レオンやロビンは、建物の外では防塵《ぼうじん》マスクをしていた。それなのに、リュミエールは防塵マスクをすることもなく、外に出ても変化がなかった。

リュミエールもまた、遊馬のように星晶石の影響を受けないのか。

違う、と遊馬はその考えを打ち消した。それよりももっと、自然な可能性があるではないか。

「もしかして、リュミエールさん」

「はい」

リュミエールは、静かに顔を上げる。彼女が開いた口の中に、見覚えのある輝きが窺《うかが》えた気がした。

「あなたは、もう――」

「ユマ！」

聖堂の扉が開け放たれる。

現れたのは、防塵マスクをしたレオンとロビンであった。

「そいつから離れろ！　そいつは既に、人間じゃない！」

レオンとロビンは、エーテル・ドライブをリュミエールに向ける。だが、彼女は慈愛に満ちた笑みを浮かべたまま、遊馬の腕をむんずと摑《つか》んだ。

「なっ……！」

「武力で解決しようとは、なんと嘆かわしい……。しかし、お互いに相容《い》れないというのならば、仕方がありません。まずは、あなたたちの巫女に犠牲になって頂きましょう。そうすることで、あなた達は戦意を喪失する。救済を欲するはずです」

リュミエールは穏やかに、無慈悲に言った。

彼女の手には、いつの間にか儀式用のナイフが握られている。戦いに向いた造りではないが、武装していない人間一人を殺傷するのには充分だ。

「リュミエールさん……！」

遊馬はリュミエールを見やる。

すると、彼女は優しく微笑んだ。

「あなたは星晶石の祝福を受けない身体。ゆえに、こうするしかありません。あなたが苦しむことに心が痛みますが――、その苦しみはきっと、人々の救済の礎となるでしょう」

「ユマ！」

リュミエールの瞳《ひとみ》の奥が、キラキラと虹色《にじいろ》に輝く。見紛《みまが》うことなき星晶石の輝きだ。

遊馬が捕らえられているため、レオンもロビンも手出しが出来ない。だが、次の瞬間、礼拝堂の窓を突き破り、五〇口径弾が撃ち込まれた。

ドンッという鈍い音と強い衝撃が、遊馬を解放する。

床に倒れ込みそうになりながら振り向くと、腕をだらんと垂らしたリュミエールが立ち尽くしていた。

彼女の美しい顔は、上半分が無くなっていた。

「ムラクモ隊長……！」

ロビンは、大穴が空いた礼拝堂の窓を見やる。その先には高い建物があり、その屋上にムラクモが潜んでいた。

見事な狙撃であった。頭を撃ち抜かれたリュミエールは、そのまま物言わぬ死体として頽《くずお》れる――はずだった。

『なんと、嘆かわしい……。こんな鉛玉で、私を黙らせようなんて』

リュミエールの身体は直立したままだった。何処から発しているのか、彼女の声が礼拝堂に響いた。

レオンは遊馬を引き寄せ、遊馬はエーテル・ドライブを構える。

リュミエールの頭からは、血が一切垂れなかった。その代わりに、断面でキラキラと輝くものがあった。その虹色に変化する輝きは、星晶石だ。

「やっぱり、侵食者になっていやがった！」

レオンは舌打ちをする。

「やっぱりって……!?」

「執務室に手記があった！　あいつは、真っ先に自分で原石を飲み込んで、侵食者になったんだ！」

「リュミエールさんが侵食者だなんて……。あんなに、自意識を保っていたのに」

リュミエールの断面を覆うように、メキメキと星晶石が成長する。それは王冠のように彼女の頭を埋め尽くし、蠟燭《ろうそく》の灯《あか》りを受けて蠱惑《こわく》的に輝いていた。

「自意識が保てていたかも怪しいな。それ以降の手記は、ほとんど意味のない文字の羅列だった。メテオーラ教団を率いる者としての使命感だけが、あいつを動かしていたのかもしれねぇ……！」

星晶石に侵食されても尚《なお》、貫けるほどの強い信念があったというのか。

遊馬達の目の前で、リュミエールの肢体は歪み、結晶で覆い尽くされていく。聖堂の扉が勝手に開き、外の塵が彼女に吸い寄せられ、彼女の身体はあっという間に二倍にも、三倍にも膨れ上がった。

「なんだ……これは」

ロビンは呻《うめ》く。

リュミエールはもはや、人の形をしていなかった。

結晶が背中を食い破り、一対の翼のように突き出している。腕と足は結晶に覆われて異様に長くなり、バランスを崩して四つん這《ば》いになる。

その姿は、王冠を被《かぶ》った巨大な蜘蛛《くも》のようにも見えた。虹色に輝く翼のような結晶は、神聖な世界の使者にすら錯覚させた。

『御覧なさい』

リュミエールの声が、結晶に包まれた身体の中から聞こえた。

『これが、星晶石の恩恵を受けた姿です。この世界における、新たなヒトの形です。星晶石と一つになれば、彼らの声が聞こえる。宇宙の声に耳を傾け、全てと一つになれるのです』

「ふざけんな！　そんなバケモンになってたまるか！」

レオンが引き金を引こうとするが、リュミエールの前肢《まえあし》が一同を薙《な》ぎ払わんとする。

遊馬はエーテル・ドライブでそれを防ぎ、レオンとロビンは身を伏せて回避した。

次の瞬間、第二の弾丸がリュミエールの頭部を捉《とら》えた。ムラクモの狙撃は、異形と化した彼女の頭部を確実に撃ち抜く。

だが、リュミエールは倒れなかった。

『嘆かわしい』

彼女は一言呟《つぶや》くと、ふっと吐息を漏らす。

彼女の吐息は星晶石の結晶となり、弾丸の軌跡をなぞるように放たれる。幾つもの鋭利な結晶が、ムラクモが潜んでいるビルに撃ち込まれた。

「ムラクモ！」

遊馬は息を呑《の》む。土埃《つちぼこり》が立ち、ビルがどうなったかすら分からない。

そんな遊馬の目の前を、リュミエールの前肢が掠《かす》める。レオンが遊馬の首根っこを摑んだお陰で、直撃は避けられた。

「隊長ならば大丈夫だ！　あの人は過酷な戦いに慣れている！　それよりも、目の前のことに集中しろ！」

ロビンは遊馬に活を入れる。彼女だって、ムラクモのことが心配だろう。だが、その感情を押し殺しているのだ。

「うん……！」

遊馬は、変わり果てたリュミエールを見据える。

スナイパーライフルの一撃は、彼女に傷一つ負わせていなかった。レオンとロビンもエーテル・ドライブで応戦するが、彼女の結晶の装甲に、全て弾《はじ》かれてしまう。

「一体、どうすれば……」

このままでは消耗戦だ。だが、リュミエールに体力の限界なんてあるのだろうか。

自分達よりもはるかに大きな巨体。そして、星晶石に侵食された身体。遊馬が知る生き物の、どれにも該当しない姿だ。まったく予想がつかない。

「レオン！　侵食者を倒す時、いつもどうしているの!?」

「人間の急所とほとんど同じだ！　頭か胸をふっ飛ばすか、燃やしたり凍らせて砕いたりすれば動かなくなる！」

レオンは双銃を駆使してあらゆる方法をリュミエールに試みるが、成果を上げなかった。

炎も氷も、雷撃すらも、彼女の前肢と吐息の前に阻まれてしまう。ロビンのブレードもまた、同じだった。

いつものやり方では駄目なのだ。彼女はそこら辺の侵食者とは違い、彼らを統べる者なのだから。

彼女の身体は、いつの間にか天井を覆いそうなほどに成長していた。外を漂う星晶石の塵《ちり》を取り込んでいるからだろう。鉱物が、熱水などで運ばれてくる特定の成分の積み重ねで成長するのと同じなのだ。

「待てよ。鉱物と同じ……」

遊馬は、幼き日のことを思い出す。それは、父が部屋に保管していた鉱物を、勝手に弄《いじ》った時のことだった。

確か、水晶だった気がする。二酸化ケイ素が集まって、美しい結晶になった鉱物だ。岩石の欠片《かけら》の上に、たくさんの水晶がくっついていて、水晶の森のようになっていた。

遊馬はそれに、ひどく心惹《こころひ》かれた。まるで童話の世界のようだと思った。

それを手に取ってよく見ようとしたのだが、誤って落としてしまったのだ。そのせいで、水晶の森は呆気《あっけ》なくバラバラになってしまった。あんなにも、水晶同士で寄り添っていたのに。

その時、父はこう言っていた。

「母岩が割れたから、バラバラになってしまったんだね。水晶自体は簡単に壊れない石なんだけど、母岩に依存した群晶だと、母岩が割れた時に離れ離れになってしまうんだ」

母岩というのは、水晶の根元にあった岩石だ。水晶の森は、地面が割れてしまったことで壊れたらしい。母岩は、水晶よりも脆《もろ》かったのだ。

「リュミエールさんも、母岩に当たる部分があるんじゃないか……？　恐らく、彼女の肉体がそれなんだ……！」

だからこそ、侵食者も侵食された肉体を壊せば活動を停止する。リュミエールも身体のほとんどが結晶に覆われているが、脆い部分があるはずだ。

「レオン、あそこ！」

遊馬は柱に隠れてリュミエールの攻撃を避《よ》けながら、彼女の頭部を指さす。

「お願いだ！　あそこを狙って！」

「だが、頭はムラクモが仕留め損ねたはずだ！」

「ムラクモさんは、結晶に覆われた部分を撃ってしまったからだ。結晶の内側にある彼女の肉体を壊せば、結晶も崩壊するはず……！」

ムラクモの初撃は、リュミエールの頭部を吹き飛ばしていた。その時、彼女は真っ先に頭部を結晶で覆った。そこが、弱点だから。

リュミエールの断面は、結晶が覆っている。だが下顎《したあご》は覆い損ねたのか、剝《む》き出しになっていた。虹色《にじいろ》の結晶に覆われる中、彼女の歯が真珠のように輝いている。

「下顎もまた、人体の急所か……。成程な」

レオンは双銃の装置を動かし、最強の一撃の準備をする。エーテル・ドライブは火花が散り、装置は低く唸《うな》った。

ロビンもまた、リュミエールの攻撃をかわしながらそれを聞いていた。彼女は荒れ狂うリュミエールを見据え、刃《やいば》を構える。

「ならば、私が彼女の気を引き付ける！」

ロビンはリュミエールの視線を誘導するように、彼女に向かって突き進む。

だが、リュミエールは構うことなく、上体を大きくのけぞらせた。

『この期に及んで、まだ抗《あらが》うというのですか……？　何故、そんなに苦痛を長引かせたいのです？』

彼女を覆う結晶が、いや、彼女の身体そのものが膨らんだように見えた。

星晶石の塵が渦巻き、リュミエールの正面に集中する。リュミエールは結晶を生み出す吐息で、直線上にいるレオンを吹き飛ばす気だ。

むしろ、防塵《ぼうじん》マスクを破壊して一気に侵食するつもりなのかもしれない。

どちらにせよ、絶体絶命の状況だ。レオンの銃でなくては、巨体となったリュミエールの下顎に届かない。

「レオン！」

遊馬はエーテル・ドライブのシールドを大きく展開し、レオンの前に立ちはだかる。

それと同時に、リュミエールが結晶の吐息を吹き出した。

「ユマ！」

猛烈に渦巻く結晶粒が、ロビンの頭上をかすめて遊馬へと向かう。だが、遊馬は怯《ひる》むことなく、歯を食いしばって足を踏み出した。

バチバチバチッという鋭い音とともに、シールドに結晶粒が叩《たた》きつけられる。その勢いは嵐のようで、遊馬は少しずつ押されていった。

腕を伝わる衝撃が酷《ひど》い。いくら遊馬が侵食されないとはいえ、この吐息を浴びたらひとたまりもないだろう。

これは人間を切り裂き、死へと誘《いざな》う吐息だ。

（耐えられない……。このままじゃ、吹き飛ばされそうだ……！）

だが、自分がいなくなったらレオンに直撃してしまう。ここは、何としてでも死守しなければ。

その決意だけが、悲鳴を上げる遊馬の全身を支えていた。

「レオン、お願い……！」

「ああ、わかった」

レオンは、押されつつある遊馬の肩にそっと触れる。

優しくも力強い手のひらには、信頼感が感じられた。遊馬はそれだけで、尽きかけていた力が戻るのを感じた。

レオンの双銃の照準が、結晶嵐の向こうにいるリュミエールを捉《とら》える。すると、リュミエールの不可解そうな声が響き渡った。

『なぜ抗うのです。苦痛がない場所まで逃げれば、全てが楽になるというのに――』

「仮に、肉体的な苦痛が消えたとしても、何かを裏切って置いてきたら、それだけ魂が痛むんだ。俺はその痛みに囚《とら》われないために戦う。守りたい奴らのために！　そして、自分の信念のために！」

レオンの咆哮《ほうこう》とともに、双銃が氷の吐息を吐き出した。リュミエールの吐息よりも細い軌跡であったが、二本の氷の軌跡は竜のように絡み合ってぶつかり合い、電気を帯びた。

『戦った先にあるのもまた、魂の救済……！』

遊馬が今まで見た中で最も激しい閃光《せんこう》がリュミエールを襲い、彼女の声は轟音《ごうおん》にかき消された。

レオンが放った電撃は彼女の下顎を打ち砕き、人体を伝って全身に行き渡る。

二機のエーテル・ドライブの最大出力に、人体が耐えられるわけがなかった。結晶が覆っていた彼女の肉体はあっという間に失われ、彼女を包み込んでいた鎧《よろい》はあっけなく崩れていった。

「終わった……のかな」

遊馬の全身から力が抜ける。シールドを支えていた腕はすっかり痺《しび》れて、感覚がなくなっていた。

（怖かった……）

遊馬は今更、紙一重のところにあった死を自覚する。

もし、遊馬が飛び出すのが少しでも遅かったら。もし、レオンの一撃が少しでもずれていたら。今、自分達はこうして立っていなかったかもしれない。

「よくやった」

レオンは肩で息をしながら、遊馬の頭に手を乗せる。

温かい。これが、生きている証《あかし》か。

「レオンこそ」

遊馬は、レオンの手をそっと取る。彼らの前で、リュミエールを覆っていた結晶は完全に崩れ落ちていた。

「……リュミエールさんは、救えなかった」

遊馬は、塵となって無秩序に拡がる、結晶だったものを見つめる。彼女の軀《からだ》は、残っていなかった。

「あいつはもう、生きているとは言えない状態だった」

レオンはそっと頭《かぶり》を振る。

「あいつの意思で動いているように見えたが、侵食者と同じだった。身体のほとんどが星晶石に置き換わっていたんだ。だから――」

レオンはそこまで言うと、口を噤《つぐ》んだ。

遊馬も彼の言いたいことはわかっていた。

リュミエールは人間としての生を終えている状態だった。だから、彼女を打ち砕くことで、他の侵食者と同じく眠らせてやることが出来たのだ。

しかし、彼女は望まずに侵食者になったわけではないのだろう。ならば、眠らせたのもこちらのエゴなのかもしれない。

「リュミエールがあのままであれば、侵食者が増えていた。望まぬ者も巻き込まれていただろう……」

ロビンは、沈黙する遊馬とレオンに言った。

「そう……だね」

シグルドの息子であるジョンを思い出す。彼は友人が侵食者になったことを悲しんでいた。友人が侵食されたのは本意ではないのだろう。無関係な人が巻き込まれる可能性は、減らせたのだ。

（それでも、どうにかならなかったんだろうか。誰かを犠牲にしなくては、平和は訪れないのだろうか……）

誰かの正義は誰かの悪。誰かの味方は誰かの敵。

そうやって、主義主張が異なる者同士が争い合っていては、お互いが摩耗するだけなのだが。

「とにかく、リュミエールがこの騒動を引き起こしたきっかけとも言えるし、これで意図的な侵食の増加は止められた」

ロビンは懐から手帳を取り出す。それは、リュミエールの手記だった。

アウローラが革命を起こし、世間は星晶石発電を廃止する方向になった。それ自体は、彼女が望むことであったが、星晶石発電以外では、エネルギーが心許《こころもと》ないのも分かっていた。

彼女のもとに、行く末を不安視する者達が集まった。プラントが停止して星晶石発電がなくなれば、事故の心配はなくなる。だが、ただでさえ資源に限りがあるというのに、それが減ったらどうやって生き延びればいいのか、と。

彼女は、不安に呑《の》み込まれる彼らの受け皿となった。そして、彼らを不安から解放するために、彼らを侵食者にした。

もちろん、自らが星晶石を取り込み、侵食者となった後に。

「……俺達のせいか」

レオンは、悔しげに呻《うめ》いた。

「いいや、元々は我々のせいだ。それに、アウローラが無理やりにでも乗り込まなかったら、いずれ、取り返しのつかない事故が起きていたかもしれない。プラントを一日でも早く止めることが、事故の防止に繋《つな》がるという考え方自体は、間違いじゃない」

ロビンもまた、難しい顔をしていた。

「でも、リュミエールさんはどうやって原石を手に入れたの？　坑道に入ったわけでも、ジャンクヤードの人達やグローリアの人達が分けたわけでもないよね？」

遊馬の問いに、「それは」とロビンが重い口を開く。

「彼女が、我々の計画に賛同したからです」

ロビンの言葉を遮るかのように、第三者の声が響いた。

遊馬達が振り返ると、礼拝堂の入り口に見覚えがある人物が佇《たたず》んでいた。

「ヤシロ……！」

ロビンは驚愕《きょうがく》する。

そこにいたのは、行方不明になっていたヤシロ・ユウナギであった。

防塵《ぼうじん》マスクをしているにもかかわらず、ゴーグル越しに冷ややかな視線を感じる。

冷静なムラクモとは違った、冷めた目だ。

「そうだ……！　元はと言えば、テメェがリュミエール司祭をそそのかして……！」

レオンはヤシロに牙《きば》を剝《む》く。

だが、ヤシロは静かに首を横に振った。

「彼女は『宇宙の代弁者』を探していた。そしてこちらは、『人類と星晶石を共存に導く大使』を探していました。そこで、お互いに自分が求める者だと思い、手を組んだのです」

「『宇宙の代弁者』……？」

遊馬が問うと、「自然の声を運ぶ存在——すなわち、星晶石のことらしい」と、手記を手にしたロビンが答えた。

「ヤシロさん達が、リュミエールさんに星晶石の提供を……？」

「はい。こちらには大量のサンプルがあったので」

ヤシロは確かに、坑道に出入りしてサンプルを回収していた。それを差し引いても、彼はグローリアに所属していた研究者だ。星晶石など、幾らでも手に入るだろう。

「人類と星晶石の共存……だと？」

それについては、手記に書かれていなかったらしい。レオンが怪訝《けげん》な顔をする。

「我々は、対立を望んでいるわけではありません。グローリア社のように星晶石を消費するでもなく、アウローラのように星晶石と距離を置くわけでもない、第三の道を望んでいました」

「我々って、ミコトも……」

遊馬が尋ねると、ヤシロは静かに頷《うなず》いた。

「お前が……共存だと？　しかも、星晶石――鉱物と？」

ロビンもまた、不思議そうな様子だった。しかし、ヤシロはしれっとしたままだった。

「私は誰とも敵対したことはありません。なにか、意外でしたか？」

「敵対しないというのは、他人と関わることにあまり興味がないからだろう？　確かに、敵対しなければ共存も可能だ。頭がいいお前らしい言い分だが……」

「違います」

ヤシロは静かに、だが、ぴしゃりと言った。

「私は常に、他人との交わりにも興味がありました。しかし、あなた達とベクトルが異なるのでしょう。私があなた達を理解出来ないように、あなた達も私を理解出来ない」

「わ、私は……！」

ヤシロの突き放すような物言いに、ロビンは動揺を露《あら》わにする。

彼の言葉は、遊馬も意外だった。てっきり、他人と交わることには興味がないとばかり思ったのに。

「他人との交わりに興味があるけど、他人が理解出来ない……？」

「理解出来ないからこそ、興味を抱くのでしょう。この議論には興味がありますが、今の目的はそこではない」

ヤシロの視線は、遊馬へと向いた。

射貫《いぬ》くような鋭さと、深淵《しんえん》のように深い瞳《ひとみ》に見つめられ、遊馬は思わず身を竦《すく》める。

「ユマ君」

「な、何か……？」

「君に、ともに来て欲しいんです。ミコトさんが、君を必要としている」

それを聞いたレオンとロビンは、ぎょっとして遊馬を見やる。遊馬もまた、緊張のあまり手に汗を握った。

「一体、僕が何の役に立っていうんです？　僕はミコトの考え方に同意出来ない。星晶石と人間は、一定の距離を保つべきだと思います」

「君の意見は、この際、関係ないそうです」

ヤシロは一蹴《いっしゅう》する。

「それって、どういう……」

「君の『存在』が必要なんです。ミコトさんは今、身動きが取れない。だから、私が彼の代理としてやって来たのです」

ヤシロが一歩踏み込み、遊馬が大股《おおまた》で下がる。レオンとロビンは、エーテル・ドライブを構えた。

そんな彼らを見て、ヤシロは首を横に振る。

「残念ですね。私は交渉も嘘も苦手なので、残された手段はこれしかない」

ヤシロは右手に、細い柄《つか》を携える。機械的なたたずまいのそれは、ブレードタイプのエーテル・ドライブだろう。しかし、ロビンのものよりも華奢《きゃしゃ》な造りであった。

「……敵対はしないんじゃなかったのか？」

レオンはヤシロとの距離を保ちながら、出方を窺《うかが》う。

「これは、敵対ではありません。目的遂行のための障害排除。ただの――手段です」

刹那《せつな》、ヤシロが踏み込んだ。レオンはヤシロを遊馬から遠ざけるため、彼の足元に威嚇射撃をする。

だが、ヤシロが怯《ひる》むことはなかった。威嚇射撃で上がった炎を乗り越え、レオンに肉薄する。

「双牙のレオン。あなたは人間を相手にする時、まず威嚇によって戦意を削《そ》ごうとする。その手口は、既に観察済みです」

「ちぃ……！」

ヤシロがレオンを間合いに入れる。レオンは銃身でヤシロの刃《やいば》を受けようとするが、それを狙っていたと言わんばかりに、ヤシロは刃を銃身に突き刺した。

「な……っ！」

ヤシロのエーテル・ドライブの刀身は、メスのように細くて鋭い。彼の刃はレオンの銃の機構に入り込み、内部を的確に貫いていた。

「この型ならば、動力はこの位置にあります。そこを切り離せば、無力化出来る」

レオンがもう一方の銃を構える前に、ヤシロはエーテル・ドライブを振り切った。

レオンの牙の一つは、無数のパーツを飛び散らせながら宙を舞う。

「くそっ！　すまん、ヤシロ！」

ロビンは背後から斬りかかる。だが、ヤシロは振り向きざまに彼女の刃をエーテル・ドライブで受けた。

「ロビンさんは良くも悪くも根が真っ直ぐで、不意打ちを好みません。あなたも、嘘を吐けない人間だ。だから死角からの攻撃の際は、必ず断りを入れる」

「くっ……！」

ロビンのエーテル・ドライブもまた、ヤシロの一太刀のもとに解体される。

レオンは無事な方の銃口をヤシロに向けるものの、その頃には、ヤシロは遊馬を間合いに入れていた。それほどの至近距離にいたら、遊馬まで巻き込んでしまう。

「ミコトさんは言っていました。やむを得ない場合は、あなたを傷つけることも厭《いと》わないと」

「僕は……！」

ヤシロの無慈悲な刃が、遊馬を目掛けて振り被《かぶ》られる。エーテル・ドライブのシールドを展開するものの、レオンとロビンのように解体されてしまうだろう。

だが、その時、大きな衝撃がヤシロを襲った。

「ぐぅ……！」

ヤシロのエーテル・ドライブは弾《はじ》け飛び、彼もまたふっ飛ばされた。

五〇口径弾が遊馬の足元に転がる。エーテル・ドライブに当たったせいか、その形は不自然にひしゃげていた。

これは間違いなく、スナイパーライフルから放たれた弾丸だ。

遊馬は弾丸が飛んできた方角を見やる。聖堂の窓ガラスには、新しい穴が開いていた。

「……ムラクモ隊長、ですか。常に最適解を見つけつつ、通常兵器を操る彼とは相性が悪い……」

ヤシロはふらふらと立ち上がると、床に落ちた自分のエーテル・ドライブを引っ掴《つか》む。

ヤシロは、ムラクモの鷹《たか》の目から逃れるように柱の陰に隠れると、遊馬にこう告げた。

「ミコトさんは、あなたと最初に会った場所で待っています。その場所でなければ、あなたは真実と対面することはないでしょう」

ヤシロはそう言い残すと、聖堂から立ち去り、夜の闇へと消えていった。

彼の言葉は、遊馬に深く突き刺さった。遊馬が、真実を見極めなくては気が済まない性格だということを見抜いているのだろう。

ミコトと最初に会った場所は、坑道の奥だ。

彼はきっと、今この瞬間も遊馬を待ちわびている。

「ひとまず、ムラクモさんが無事なようでよかった……」

喜べるのは、その点だけだった。

蠟燭《ろうそく》の炎が揺らぐ中、レオンとロビンは、解体された自らの武器を無言で見下ろす。重々しい沈黙が、その場を支配していた。

遊馬達は、破壊されたエーテル・ドライブを回収してグローリア社に帰還する。関係者は会議室に集まり、ドミニク達とは通信で繋《つな》がりつつ、事の次第を説明した。

「ヤシロさんの話を信じるなら、ミコトは坑道の奥にいる。リュミエールさんに星晶石を与えたのも彼らだし、全ての原因は、そこにあるんだ」

遊馬は、プロジェクターが映し出すアルカ全体図を見つめながら、そう言った。

「……あいつが、嘘が苦手だというのは本当だ。都合が悪いことを黙っていることはあっても、嘘を吐かれたことはない」

ロビンは俯《うつむ》きながらそう言った。エーテル・ドライブを破壊されたことや、ヤシロと対峙《たいじ》したことが尾を引いているのだろう。

レオンもまた、苦い顔をしたまま腕を組んで話を聞いている。

彼らのエーテル・ドライブは、バーバラが回収して研究室に持って行った。どうやら、修理をしてくれるらしい。

「都市のあちらこちらを貫く結晶は、確かに坑道から伸びているようだしな。元凶があそこにあると思って、間違いないだろう」

オウルがプロジェクターの画像を切り替えながら言った。巨大な結晶は、中層や上層から伸びていることはない。必ず、下層から生えているのだ。

オウルの顔色は、まだ青白かった。治療薬で侵食を食い止めたとはいえ、内臓にも侵食が達していたらしい。機能回復のためには、しばらく安静が必要だった。

そんな状態でも、彼もまた、アルカを救いたくて病床から離れて会議室までやって来たのだ。

「すまなかった。ヤシロ・ユウナギを仕留め損ねた……」

ムラクモは重々しい息を吐く。彼は、包帯で腕を吊《つ》っていた。異形化したリュミエールの攻撃に巻き込まれ、左腕を骨折していた。

「お前が謝る必要はない。むしろ、助かった。あの時、牽制《けんせい》してくれなかったら、ユマを連れて行かれてた」

レオンの言うとおりだ。むしろ、重傷を負っても尚《なお》、精度の高い射撃で援護をしてくれたことに感謝をしたいくらいだと、遊馬は思った。

「ありがとう、ムラクモ。あなたのお陰で、あの場は凌《しの》げたよ」

共に戦った今ならばわかる。この人もまた、人々を救うために戦って来た人だ。常に自分の感情を押し殺し、心を鬼にして引き金を引いて来たに違いない。多くを救うために、一つを犠牲にして来たに違いない。

彼もまた、人々を救う英雄の一人であり、この星に降り注いだ災厄の犠牲者でもあるのだ。

もしかしたら彼も、本来はレオンのように戦いたくないのかもしれない。

戦いたくない人達が戦わなくていいようにするために、一刻も早くこの事態を収束させなくては。

「……君は、坑道に行くのか？」

ムラクモは、悔しげに自分の左腕を見やりながら問う。負傷している自身は、危険地帯に足を踏み込めないことを悟っているのだ。

「うん。ミコト達の指針はリュミエールさんと同じのようだし、侵食者を増やすつもりだと思う。いくら治療薬があっても、それじゃあキリがない。だから、少しでも侵食される人を減らさないと」

それに、彼女の遺志を継ぐ者もいるかもしれない。彼女のやったことが繰り返されるのも、彼女のような悲劇が訪れるのも、遊馬は避けたかった。

「そうだな。いたちごっこは避けたい」

レオンもまた、遊馬に頷《うなず》いた。

「だが、問題もあるな。坑道の中に原因があるのなら、星晶石の塵《ちり》もヤバいんじゃないか？　いつもの濃度というわけにはいかないだろう。そこで、もし防塵《ぼうじん》マスクを外されちまったら……」

「ヤシロならやりかねんな……」

レオンの言葉に、ロビンは頭《かぶり》を振った。

『それなんだけどよ。一か八かに賭《か》けてみるつもりはないか？』

通信機越しに、ドミニクが言った。

「一か八かって――」

「理論上はこれでイケるはずなんだけどね。人体での検証が不十分なのよ！」

会議室の扉が乱暴に開かれる。

全員が振り向く中、現れたのはステラだった。

「ステラ、どうしてここに……！　旧研究所にいたはずじゃあ……」

立ち上がるレオンに、ステラはクーラーボックスを押しつける。

「ワクチンが出来たの。被験者一号はレオンね」

「ワクチンが!?」

レオンが、そして、その場にいた皆が目を丸くする。

「そう。星晶石の侵食のメカニズムは、体内に蓄積したエーテルと化学反応し、急速にエーテルを取り込みながら成長してしまうことにあるのよね。空気中を漂っているエーテルよりも、人体に蓄積されているエーテルの方が濃縮されているから、先のような現象が起きるわけ。でも、人体のエーテルと星晶石を結合させないようにすると、侵食が発生しなくなるの。それがワクチンの効果ってやつね。具体的には、アンチエーテルシステムの応用で――」

「解説はいい。早く打ってくれ」

レオンは、クーラーボックスをステラに押し戻す。

「えっ、仕組みを知ってからの方が安心して打てない？　まあ、続きは打ってる途中に話せばいいか」

ステラは腕まくりを始める。

「あ、因《ちな》みに、ユマはワクチンを打つ必要がないからね。以前、ユマから貰《もら》った検体を確認した結果、キミは体内に蓄積されているエーテルが異様に少ないことがわかったから」

「そうなんだ……」

そう言えば、ミコトが言っていた気がする。遊馬はエーテルに曝露《ばくろ》されていないから、侵食されないのだと。

「恐らく、我々が元々いた世界がそういう性質なんだろうね」

ステラの背後から、ナナシがひょっこりと顔を出す。

「父……ナナシさん……！」

「私とユマ君の体内エーテル量は、ほぼ同じだった。私の方が若干高いが、それは長期間こちらにいたり、元いた世界で科学者という特殊な環境にいたからだろう」

「ということは、僕達の世界には少ないながらもエーテルが存在している……？」

何気なくエーテル・ドライブを使っていたが、単独ではあまり現実味のない単語だ。ゲームのアイテムには、その名称が使われていた気がするが。

「一応、有機化合物の一種としてジエチルエーテルというのが存在している。だが、恐らくここでいうエーテルは、かつてアリストテレスが提唱した第五元素のことだろうね。神学において、天体を構成する元素と言われているものさ」

アルカにいると、アリストテレスの名前すら懐かしい。遊馬は思わず、ナナシの解説に聞き入った。

「アリストテレスの提唱したエーテルを語源にして、揮発性が高いジエチルエーテルにその名がつけられた説があるけど、それはさておき。私達の世界では科学的に証明されていないダークエネルギーがあり、古《いにしえ》の秘術を使う者達がその一種をエーテルと呼んでいたんだ。エーテルは、三次元以上にも以下にも存在している。基本的に、三次元に存在している我々は、三次元以下にしか干渉が出来ない。だが、エーテルを操作することにより、他の次元にも干渉することが出来るんだ」

ナナシは、それを魔法と呼んだ。レオン達が使うエーテル・ドライブもまた、魔法のような力である。

「僕達の世界にも、魔法が……？」

「ああ。古の秘術を使う者達が、エーテルを操作する術《すべ》を知っていた。でも、それを行うには持って生まれた才能が必要だった。恐らく、彼らは元々、体内にある程度のエーテルを蓄積していたのだろうね。そしてそれは、遺伝するわけだ」

だから、一部の者しかエーテルの操作――魔法が使えないという。魔法使いの存在なんて信じていなかった遊馬は、彼らが実在することにも衝撃を覚えていた。

「ということは、ユマ達の世界の魔法使いってのは、俺達に似ているのかもしれないな」

レオンの言葉に、「そう」とナナシは頷いた。

「我々の世界の魔法使いにとっても、星晶石は毒になるかもしれない。とはいえ、彼らはエーテル・ドライブのような精密な兵器を使わずにエーテル操作をする術を持っているし、抵抗する術も身につけているかもしれないけど」

「……昔は、この世界でもそういう奴らがいたと聞いてる。だが、エーテル操作が下手くそな奴でも使えるようにと、機械化も進んだらしいな。結果的に、皆がエーテルの恩恵を受けられるようになったが、個人の技術を磨く必要がなくなったから、星晶石の侵食も甘んじて受け入れるようになっちまったのか」

皮肉だな、とレオンは呻《うめ》く。

「それは何にでも言えることだね。祖先は石器でマンモスを倒していたようだけど、我々は銃がないとどうにもならない」

ナナシもまた、肩をすくめた。

「話を戻そう。魔法使いにしか出来なかったエーテル操作を可能にするのが、星晶石——ミラビリサイトだったというわけさ。物質的に存在している鉱物の力で、現代科学では物質的に捉《とら》えられないエーテルに干渉が出来る」

「すなわち、魔法が使えるようになる……」

遊馬は、ミラビリサイトを発見した父が興奮していた理由がよく分かった。

魔法使いなんてフィクションの世界でしか見たことがないが、箒《ほうき》で空を飛んだり、マントで姿を隠したり出来るようになるなら、自分達の生活ががらりと変わるだろう。

だが、その変化は恐ろしくもあった。

星晶石の恩恵にとり憑《つ》かれた者達は、恩恵がありながらも恐ろしいリスクを伴うプラントを作り上げ、殺傷能力の高い兵器で戦争を仕掛けようと思ったり、過酷な環境を乗り越えるために人間をやめたりしていた。

アルカの様子は、遊馬にとって他人事《ひとごと》ではないような気がしていた。

「まあ、我々の世界のことはともかく」

ナナシの声に、遊馬は現実に引き戻される。

「今はアルカの現状を打開しなくては。ワクチンを打てば、呼吸器からの侵食を防げるようになる」

「呼吸器からってことは、防塵マスクはいらないってことか。だが、怪我をしたらそこから侵食される危険性はあるんだな？」

レオンの問いに、ナナシは頷いた。

「ああ、今のところは。だが、呼吸器からの侵食に比べて、外傷からの侵食の方がタイムラグがある。その間に治療薬を打てば、生存率が上がる」

ナナシはオウルの方を見やる。彼もまた、外傷を負いながらも治療薬に命を救われた事例の一つだった。

「私のノウハウでは、呼吸器系のワクチンがせいぜいでね。より汎用《はんよう》性が高いものは、現在開発中なんだ」

「今は、あんたが開発したワクチンで充分だ。有り難う」

「私はアイディアを提供したくらいだがね。実際の開発は、ドミニクやステラ達の方が活躍していた。私の技術ではモタついてしまって」

「なに言ってるの。一番の功労者のくせに」

謙遜《けんそん》するナナシを、ステラは肘《ひじ》で小突く。だが、彼女の肘が妙な位置に入ってしまったらしく、「おうふっ!」とナナシは短い悲鳴をあげた。

「ワクチンならば、私が被験者二号になろう」

思い詰めたような表情をして黙り込んでいたロビンであったが、彼女はひらりと手を上げてレオンに続いた。

「バーバラにエーテル・ドライブを修理してもらったら、私も行く。ヤシロに戦う術《すべ》を教えたのは、私だ。だから、私は自分の始末をつける」

「……あまり、責任を背負いすぎるな」

レオンはロビンを気遣うように言った。だが、ロビンは苦笑する。

「そう言われて気軽に考えられるくらいなら、今頃ここにいないさ。私を私たらしめているのは、この性格だ」

ロビンは少し考え、話を続ける。

「あいつらは、何故、星晶石との共存を選んだんだろうな。侵食者になれば、確かに今の環境にも適応出来る。だが、ワクチンを作るという選択肢はなかったんだろうか。計画がほぼ頓挫《とんざ》していたとはいえ、治療薬の研究だってやっていたんだ。ヤシロがそこに、目をつけないはずがない」

「共存は真の目的じゃないってこと?」

遊馬が尋ねると、「どうだろうな」とロビンは自信なげに答えた。

「私はヤシロのことがよく分からない。こちらが尋ねれば、あいつは自分の話をしてくれた。だが、理解出来ないことが多かったな」

ロビンが感じた嚙《か》みあわなさは、正に、遊馬達も体験していた。ヤシロは遊馬達と違った視点を持ち、違った価値観で動いているようだった。

「ヤシロさんも、僕達が理解出来ないって言ってたよね」

「それは意外だったな。あれほどこちらを分析しているのにもかかわらず、だ。分析と理解は、違うのかもしれないな」

あいつにとっては、とロビンは付け足す。だが、次の瞬間、彼女はなにかに思い至ったように目を見開いた。

「一度だけ、私が話題に振っていない人物の話をしたことがある」

「誰のこと？」

「分からん。ユウ・ハヤサカという人物だ。あいつはその人物を、『人間として優秀だった』と言っていた」

人間として優秀。その言葉に、遊馬は引っかかった。

そこには、羨望《せんぼう》が含まれているように思えた。ヤシロはあれだけ優れた能力を持つというのに。

『ハヤサカだぁ？』

通信機越しに、ドミニクが声をあげた。

「知っているのか？」

『知ってるも何も、まさか、こんなところでそいつの名前を聞くとは思わなかったな。……ちょっと待ってろ』

通信機の向こうで、慌ただしい物音が聞こえてきた。その場にいた皆は、顔を見合わせる。その中には、オウルもいた。

『あー、残ってた。坊ちゃん、今送ったファイルをみんなに見せてくれ。あと、こいつを残しておいたことには目をつぶってもらいてぇな』

オウルは自分のラップトップを見て、顔をしかめた。

「先代の頃の機密ファイルじゃないか……。私も知らないぞ、こんなもの」

『坊ちゃんの親父が隠蔽《いんぺい》したんだよ。社内で知ってるのは俺くらいだ。関係者はみんな、辞めちまった』

ドミニクは、忌まわしいものを語るように吐き捨てた。オウルはファイルの中身を検《あらた》めるが、しかめていた表情は、驚愕《きょうがく》に変わった。

「な……これは……！」

「なんだ。俺達にも見せてくれ」

レオンに食いつかれ、オウルは渋々プロジェクターに映す。

「緊急時だからな、仕方がない……。これは星晶石に関する実験の……事故の記録だ」

「なんだと……!?」

資料によると、グローリアは過去に、星晶石を活《い》かした新規事業を進めるため大規模な実験を行ったらしい。

だが、実験中に不幸な事故が起きた。星晶石は臨界に達し、科学者が何人か犠牲になったのである。

その犠牲者の一人が、ユウ・ハヤサカであった。

実直そうな青年の顔写真が映し出される。その顔を見て、遊馬とレオン達は息を呑《の》んだ。

「ミコト……!」

「雰囲気は違うが、間違いなくあいつだな……」

ミコトは常に、無邪気さすら漂う笑みを浮かべているが、ハヤサカの双眸《そうぼう》には凛々《りり》しさが窺《うかが》えた。だが、顔の作りは全く同じで、同一人物で間違いなかった。

『マジか……。そいつは十年以上前の写真だ。あいつが生きてたら——俺と同じ渋いオッサンになっているはずだ』

「……記録には、死亡したと書かれているが」

オウルは、声を絞り出すように言った。

『ああ……。臨界に達した星晶石のエネルギーを浴び、侵食率が致死量になった。他の科学者が結晶の塊になる中、ハヤサカだけ何故か外見は侵食されていなかったが、内部は酷《ひど》いものだった。死んでるのも確認したし、埋葬だってした……』

その頃は、下層もそこまでゴミにまみれていなかったという。今はジャンクヤードとなった一角に、墓地もあったそうだ。

『だが後日、遺体は消えていた』

「そんな……！」

ドミニクが墓参りに行くと、墓が掘り返されていた。誰かがやったのかと憤ったものの、掘り返す理由は分からなかった。

こうして、ユウ・ハヤサカの遺体は行方知れずとなった。

先代の社長はプロジェクトを凍結して封印、関係者はドミニクを除いて退職した。その一件があったため、前社長とドミニクは、治療薬の開発に着手することとなった。

『ヤシロはその時、正規の研究員じゃなかったはずだ。だが、若くしてインターンシップをしていた可能性もあるし、ハヤサカを知っていてもおかしくない』

ユウ・ハヤサカは、優秀な科学者の一人で、人格的にも優れていた。彼の周りには常に人がいたし、頼られることが多かった。

だが、優秀ゆえに、危険なプロジェクトに抜擢《ばってき》されてしまったのだが。

「ハヤサカさんが生きてた……ってわけじゃないよね。ミコトも、もしかしてリュミエールさんみたいな……」

『リュミエール司祭は、一見侵食されていないように見える侵食者だったんだろう？　有り得ない話じゃねぇ……』

「では、ヤシロはハヤサカに思うところがあり、侵食者と手を組んでいるということか？　それとも、あいつも……」

ロビンの脳裏に、最悪の事態が過《よ》ぎったようだ。そんな彼女の肩を遊馬が叩《たた》く。

「……確かめに行こう。ヤシロさんの、真意を知るためにも」

「ああ……。全ての真相は、地下か……」

ロビンは覚悟を決めた表情で、顔を上げる。

ロビンもまた、自分の始末をつけるためだけに坑道へ赴くのではない。先に進むために向かうのだ。

「はいはーい。気になることは山ほどあるけど、今はあなた達が侵食されないことが重要ね。ワクチンを打って欲しい人は並んで！　あっ、負傷者はまた今度ね。強い副反応が出たらまずいから」

ステラはクーラーボックスからワクチンを取り出し、注射器にセットしながらレオン達を並ばせる。「副反応か……」と彼らは呻《うめ》くものの、腹は決まっているのだろう。

「私も坑道に向かいたいところだけど、足を引っ張ってしまうからね……」

ナナシは、ステラに小突かれた場所をさすりながら苦笑した。

「ナナシさんはもっと活躍出来るところがありますから。危険な場所に赴くのは、それに慣れた僕達がやります」

いつの間にか、遊馬も危険地帯に行くことに慣れていた。アルカに来たばっかりの時は、ただの高校生だったのに。

「でも、ナナシさんも星晶石の影響をあんまり受けないなら、僕じゃなくてナナシさんが巫女《みこ》でもよかったかなーなんて……」

遊馬は、なんとなく着続けてしまっている巫女服を摘《つ》まむ。遊馬は、この世界で特別ではなかった。

特殊だったかもしれないが、選ばれた存在ではなかったのかもしれない。

だが、ナナシは遊馬の両肩をしっかりと抱き、目を見つめてこう言った。

「予言の巫女というのは、単に星晶石の影響を受けない人間のことじゃない。君は大勢を勇気づけて、動かしたじゃないか。自分の成し遂げたことに誇りを持つんだ」

「ナナシさん……」

「自分の歩いた道を認めてやれば、これから歩く道も明るくなる。そうすれば、君の未来も明るくなるんだよ、遊馬」

「……っ！」

優しく包み込むような大きな手。そして、力強くも導くような目は、確かに父のものだった。

遊馬は頷《うなず》き、自らに誓う。

もう、侵食者となった人や、リュミエールのような人は出さない。必ず、明るい未来に進めるようにしようと。


ヤシロに破壊されたエーテル・ドライブは、バーバラが手早く修理をしてくれた。彼女もまた兵器開発に携わっていたため、エーテル・ドライブのことは熟知していた。

「……少し、様子が違わないか？」

坑道に続くエレベーターに乗りながら、レオンは修理を頼んだ方の銃を見つめる。

確かに、修理前までなかった装甲や装置が取り付けられている。それは、ロビンの柄《つか》も同じだった。

「バーバラが改造してくれたようだな。彼女は、兵器開発においてヤシロをライバル視していたしな。あいつに負けたくないんだろう」

バーバラは、ロビンにヤシロの技能を根掘り葉掘りリサーチしたらしい。今回の改造も、ヤシロ対策を施されたようだ。

「ヤシロは兵器を熟知していて、その弱点を的確について解体していた。バーバラはその弱点をカバーしたらしい。その分、重量が重くなったり、別の場所が弱くなっていたりするらしいが……」

「上出来だ。バラされなきゃいい」

レオンは満足げに笑った。

やがて、エレベーターは止まり、扉が開く。ピリピリと肌を焼くような感覚が、遊馬を襲った。

「こいつは……」

レオンは息を呑む。

坑道の様子は、全く違っていた。あちらこちらから巨大な結晶が突き出し、人一人通るのがやっとだ。遊馬が初めて訪れた時は、岩肌にちらほらと星晶石の結晶が露出している程度だったのに。

「案内するよ。ついてきて……」

遊馬は、坑道の横穴を探そうと辺りを見回しつつ、先行する。

レオンとロビンは、ワクチンこそ打ったものの防塵《ぼうじん》マスクをつけていた。ワクチンは、飽くまでも保険だ。非常時でない限りは、出来るだけ万全を期した方がいい。

「ミコトが侵食されたハヤサカだとして、どうして、ユマを必要としているんだ？」

レオンは、遊馬が疑問に思っていたことを口にした。

「分からない……。リュミエールさんは、みんなを説得するために僕の力を欲しがっていたけど……」

「ミコトも同じ理由か……？　だが、ハヤサカはメテオーラ教団ってわけでもないしな。人間を侵食する必要もなさそうだが……」

レオンは首をひねり、遊馬もまた「うーん」と唸《うな》る。

「そもそも、事故は十年以上も前だ。十年も死んだ人間の肉体をそのまま保てるのか？」

「星晶石の力があれば……。いや、こっちの世界の人の体質だと侵食されちゃうんだっけ。でも、ミコトは身動きが取れないって言ってたし——」

何か、嫌な予感がする。

遊馬は思わず口を噤《つぐ》んだ。

「……ここだ」

やがて、遊馬は坑道の更に深部へと向かう横穴を見つけた。深部に落下した時、ミコトに案内されて坑道まで帰った道だ。

今思うと、ミコトとヤシロは、あの時すでに、アルカ全体を混乱に陥れる準備をしていたのだろう。

(あの時に気付いていたら、侵食されたまま亡くなった人達やリュミエールさんも無事だったんだろうか……)

だが、遊馬は首を横に振った。

過去を振り返っても、何にもならない。起きてしまったことは戻せないのだ。奇跡でも、起きない限りは。

「行こう」

「ああ」

一歩踏み出す遊馬に、レオンとロビンが続く。

最深部に繋《つな》がる道は狭く、そして、異様に静かだった。自分達の足音しか聞こえない。歩みを止めたら、耳鳴りがするほどであった。

地中に潜るほどに周囲が明るくなっていく。虹色《にじいろ》に変化するその光は、星晶石のものだった。

「よく来たね」

ミコトの声が、一同を迎える。

道の終わりには、巨大なホールほどの晶洞が待ち構えていた。

天井も壁も、結晶で埋め尽くされている。足元からも結晶が生えていて、足場を探さなくてはいけないほどだ。

そんな空間に、ミコトとヤシロがいた。ヤシロは遊馬達が来たのに気づくと、開いていたラップトップを閉じて立ち上がった。

「僕に、手を貸してくれる気になったのかな？」とミコトが問う。

「いいや、君を止めに来た。その前に、話は聞きたい」

遊馬はミコトと相対する。

ミコトの瞳《ひとみ》は、周囲の星晶石と同じ輝きを放っていた。だが、リュミエールの瞳はそこまで顕著ではなかった。リュミエールが侵食者の女王なら、ミコトはまるで、星晶石そのものではないか。

「君は、何者なんだ？　その姿、ハヤサカさんっていう科学者と同じじゃないか」

ハヤサカの名を聞いてか、ヤシロの片眉《かたまゆ》がわずかに動く。だが、彼の反応はそれだけだった。

「そこまで調べていたんだね。それなら、全部話しておこうか。筋が通らなくては、君は納得してくれないだろうし」

ミコトは、いたって冷静で、いつもの笑みを浮かべたままであった。レオンとロビンがエーテル・ドライブを構えているというのに、警戒する様子もなかった。

「確かに、この肉体はユウ・ハヤサカのものだ」

「肉体は……？」

「中身は違うということさ」

「リュミエールさんのように、侵食されているのとは違うの？」

「彼女が取り込んだ原石は──残念ながら、君達と共存する存在に至らなかった。結果的に、争いを生んでしまった。悲しいことだね」

ミコトは目を伏せ、痛々しい面持ちになる。リュミエールに同情していることには、間違いはなかった。

「どういう……こと……？」

「蓄積しているエーテルを媒質にして、人体のあらゆるパターンを読み取り、自律することが目標だったのさ。けれど、彼女を侵食した星晶石は、自律には至れなかった。あと少しで、成功すると思ったのに」

リュミエールに意思があるように見えたのは、星晶石が学習したパターンを再現していたということか。オウルを襲った活動家の侵食者も、同様だろう。

それにしても、ミコトはさらりと自律と口にしているが、その主語は何かと遊馬は自問する。話の流れからして、一つしかなかった。

「ミコト、君は星晶石を自律させようと──鉱物に意思を持たせようとしているの？」

「そうだよ」

ミコトは屈託なく微笑む。

「そんなこと、出来るわけがないだろう！」

ロビンは驚愕《きょうがく》し、声を荒らげる。

「ああ。いくらとんでもない鉱物だからって、そこまで行ったら生き物と変わらないじゃねぇか」

レオンもまた、ミコトの言葉を否定する。しかし、ミコトは微笑んだままだった。

「生き物と変わらないというのは、なかなかの賛辞だね。君達はもう、その事例を目にしているんだよ」

「まさか……」

ミコトが星晶石の影響を受けないのは何故か。亡くなったはずのハヤサカの肉体を持っているのは何故か。

そして、星晶石と同じ瞳を持つのは――。

「君は、星晶石なのか……？」

遊馬の声は震えていた。それならば全て、納得がいく。

「ああ」

ミコトは、何ということもないように頷《うなず》いた。

「僕はハヤサカ君達がこの深部で発見した、星晶石の原石さ。実験中の事故によって、特殊な条件下でハヤサカ君の身体に取り込まれることになった。その時、彼のあらゆる情報を読み取り、僕は人間を理解したんだ。その結果、ハヤサカ君を亡くしてしまったのは、残念なことだけどね」

「人間を、理解……？」

「君達の構造を、ね。君達の魂と呼ばれる部分は、僕には難しい。僕はこれから魂を理解して、文化を得たいと思っていたんだ」

「文化を、得る……？　鉱物の君が……？」

理解しがたい話だった。

「思考は物理的な電気信号だし、パターンを学べば僕達も思考と呼ばれるものを再現することは出来る。けど、魂は文化の積み重ねが必要だし、文化は一人では成り立たない。だから、仲間が欲しくてね」

「そのために、侵食者を増やしたってのか……⁉」

レオンが犬歯を剝《む》き出しにして食って掛かる。しかし、ミコトは「そうだよ」と悪びれる様子もなく答えた。

「僕と同じように、思考まで持つ星晶石が現れれば、コミュニケーションを取り、文化を得られる」

「どうして、文化なんて必要なんだ……」

ロビンは呻《うめ》くように問う。ミコトは、不思議そうに首を傾げた。

「君達は、それを得ていないものを欲しがるのは、当然じゃないかな？」自分達が持っていないものを欲しがるのは、当然じゃないかな？」

人が空に焦がれて翼を欲するように、鉱物も文化を欲するというのか。

「ただ、人体の組成は複雑で、僕達がゼロから生成出来るものじゃない。だから、どうしても肉体が必要なんだ。そのために、人間を侵食しなくてはいけない。本当は侵食でなく、人間の部分を残しつつ融合出来ればいいんだけどね。なかなか成功しなくて歯痒《はがゆ》いよ」

ミコトの純粋なる目的は、多くの犠牲者を出していた。そこに善悪はなく、ミコトを止めなくては、この先も続くだろう。

「僕が必要というのは、もしかして……」

「そう。僕の肉体はもう、限界が近い。維持するのも精一杯でね」

ミコトはそう言って、袖《そで》をまくる。

すると、彼の色白な腕に、罅《ひび》が入っていた。痛々しい亀裂《きれつ》からは一滴も血が流れずに、ただ、虹色の輝きだけがうっすらと漏れている。

「この世界の人間の肉体は、僕達と相性が良すぎる。すぐに侵食してしまって、人間である部分を食い尽くしてしまうんだ。これは、僕のように自律した存在でも避けられないことでね……」

「君に肉体をあげたら、僕はどうなる……？」

「ユマ君のことは気に入っているし、出来るだけ君の思考パターンを残したいな」

ミコトは、嘘を言っているように見えなかった。遊馬が遊馬でありながらも、ミコトと共存出来る道を模索するに違いない。それでも、遊馬は頷けなかった。

「でも、駄目だ。君達が、いたずらに侵食者を生み出すという人体実験を繰り返すのなら……！」

「そうか……」

ミコトは残念そうに息を吐く。

「それなら、仕方が無いね。ユマ君のことは諦《あきら》めるとするよ」

「ミコト……」

「その代わりに、君と同じ条件の人間がいたはずだ。彼の、肉体を借りに行こうか」

遊馬の脳裏に、ナナシの――父の姿が過《よ》ぎる。

その瞬間、遊馬は飛び出していた。

「父さんに、手出しはさせない！」

遊馬の手はミコトに向かって伸ばされる。だが、足はそれ以上進まなかった。

「なっ……」

「君を内側から侵食することは出来ないけど、外側から押さえつけることは出来る」

ミコトは振り返り、ふわりと微笑む。

遊馬の足元は、星晶石の結晶で覆われていた。遊馬の注意を自分に向けるために、ミコトは敢《あ》えてナナシのことを出したのだ。

結晶はせり上がり、遊馬の足を、そして身体を覆っていく。遊馬が、動けないように。

「ユマ！」

レオンが叫ぶのを気にせず、ミコトは突き出された遊馬の手を取る。

「大丈夫。君の身体が手に入れば、僕は何度も試行が出来る。その過程で、いい方法が見つかるはずだ。それでも無理ならば、君達の星に向かってもいい。君達の星ならば、君と同じ条件の人間がいるからね」

「僕達の、星……？」

重ねられた手が、ひりつくのを感じる。細胞をかき分けて、何かが自分の中に入るような感覚があった。

「そう。君はこの世界を異世界だと思っていたようだけど、進化の条件が似た、遠く離れた星なのさ。僕達は、特定の条件下でワームホールを発生させることが出来る。君はそれを使って、気の遠くなるほど長い距離を転移してきたんだよ」

「異世界じゃなくて、異なる星……」

まさか、アルカが同じ宇宙に存在しているとは。だが、だからこそ、ミコトの侵攻を許すことは出来ない。

遊馬は歯を食いしばると、ミコトの手をきつく握り返した。

「ユマ君？」

「君は人間のように同情したり悲しんだりするのに、遺《のこ》された者の気持ちは考えないのか……！　侵食された誰かが命を落として、それで終わりってわけじゃないんだ。人はみんな繋《つな》がっていて、喜びも悲しみも連鎖する。侵食された誰かが命を落としたら、その誰かと繋がった人達だって悲しむんだ。その状況を、君は望んでいるのか……！？」

「遺された者が、悲しむ……？」

ミコトは、不思議そうに遊馬を見つめ返す。文化を持たない彼には、理解出来ない感覚らしい。

「ユマ、今解放してやる！」

レオンがエーテル・ドライブを構え、遊馬を覆う結晶に銃口を向ける。だが、その軌道に、ヤシロが現れた。

「来たか……！」

何の前振りもなく、ヤシロはエーテル・ドライブでレオンに斬りかかる。レオンはバーバラに直してもらった方の銃で受けようとするが、ヤシロの狙いは、そこではなかった。

「そちらにバーバラ博士がいるのは、想定済みです」

バーバラがヤシロ向けにブラフを用意していることは、ヤシロも予想していた。ヤシロの狙いは、防塵《ぼうじん》マスクだった。

ワクチンを打ったとしても、長い間、防塵マスクで侵食を防いでいた者達だ。高濃度の星晶石の塵《ちり》が舞う中で呼吸をするのは、一瞬でも躊躇《ためら》うはずだ。

ヤシロの狙いは、その一瞬の隙だった。

ヤシロの刃《やいば》はレオンの防塵マスクを斬り払う。レオンが使い込んだマスクは宙を舞い、レオンの素顔が晒《さら》された。

しかし、レオンの目に躊躇いはなかった。

彼は怯《ひる》むことなく、ヤシロを――いや、その背後をねめつける。

「ユマを――俺のダチを放せ！」

レオンの双銃が雷撃を吐き、ミコトの右腕を直撃する。電撃はひび割れた肌を焼き、内部を満たしていた星晶石を打ち砕いた。

「えっ……！」

ミコトの身体を構成していた星晶石が、キラキラと輝きながら宙を舞う。動揺するミコトに、ロビンが斬りかかる。

「どんな理由があれ、お前は我々の侵してはならない領域に踏み込んだ！　これ以上悲劇を広めないためにも、お前を討つ！」

ミコトは人間を模倣しようとしていた。ならば、彼の弱点もまた、胸にあるはずだ。

「これが、星晶石に依存してきたクルーガー家の者の、後始末だ！」

ロビンの渾身《こんしん》の突きがミコトを襲う。

「ミコトさん！」

その場に響いたのは、ヤシロの声だった。

彼の行動に、誰もが目を疑った。

ヤシロはミコトを庇《かば》い、ロビンの一撃をその身に受ける。

パッと、鮮血が飛び散った。

「ヤシロ……！」

ミコトを貫くはずだった刃は、ヤシロを貫いていた。

予想外のことに驚愕《きょうがく》したロビンは、エーテル・ドライブの刃を消す。ヤシロの身体は、力なく頽《くずお》れた。

一瞬の出来事だった。遊馬は、何が起きたのか理解が出来なかった。

遊馬を拘束していた結晶は、土くれのようにボロボロと崩れる。レオンはミコトの動きを警戒するが、ミコトは力なく横たわるヤシロに駆け寄った。

「どうして……！　こんな傷を受けたら、君は……！」

ミコトに問われ、ヤシロは苦しげに呻《うめ》きながらも、苦笑した。

「何故……でしょうね。私も一応、人間なのかもしれません……。あなたが消えて私が遺ることを考えたら……身体が動いてしまった……」

「ヤシロ、お前……！」

ロビンの手から、エーテル・ドライブが零《こぼ》れ落ちる。彼女もまた、膝《ひざ》を折ってヤシロの顔を覗《のぞ》き込んだ。

「ロビンさん……有り難う御座います……」

「な、何を言っているんだ……！」

「私はずっと、人の心を理解したいと思っていたんです……。私は家族と呼べる人がおらず……知識だけが私を育ててくれて、いつの間にかそれを貪《むさぼ》るだけになってしまった……。人の心を持たないと言われたことがあり……実際、その通りだと思いました……」

人の心というものが理解出来なかった。

だから、ヤシロは研究の傍ら、ずっと探していた。人の心とは何なのか、と。

それゆえに、模範的な人間の心を持っていると思《おぼ》しきハヤサカに着目し、彼をずっと観察していた。ヤシロの人間観察は、人の心を理解するためのあがきだったのだ。

しばらくして、ハヤサカが亡くなった。目標を失って途方に暮れていたヤシロの前に、ハヤサカの肉体を得たミコトが現れたのだ。

「ミコトさんも……人を理解したがっていた……。だから我々は、共同で研究をしていたんです……。なのに、私は先に、結論に行き着いてしまった……。大事な同志を喪《うしな》いたくないという気持ち……これこそが人の心だったのでしょう」

ヤシロはずっと、人の心を知るために、人の心を知りたがる星晶石にのめり込んでいた。彼が行ったことは非人道的だが、その目的は純粋なものだった。

「ミコトさん……」

ヤシロは力が入らない右手を、なんとか持ち上げる。

「私の身体を、使ってください……」

「なっ……！」

「私の肉体もまた、大量のエーテルに曝露《ばくろ》されている……。あなたを長期的に保つことは出来ないでしょう……。しかし、あなたが私の思考パターンを学習すれば……私が理解した人の心が、分かるはず……」

ヤシロは、ミコトに自らを侵食せよと言っているのだ。ミコトは、茫然《ぼうぜん》とした様子でヤシロの願いに耳を傾けていた。

「ミコトさん……」

ヤシロの呼吸が浅くなる。もう、彼も長くはない。

だが、ミコトはこう言った。

「出来ないよ……」

ミコトの目から、ポロポロと星晶石の粒が落ちる。宝石のようなそれが彼の涙だと気づくのに、遊馬は時間を要した。

「出来ないよ……。僕はいずれ、君を食い尽くしてしまう……。君の得られた結果を受け取っても、君が消えるのは嫌だ……」

ミコトは地面に膝をつき、左手をついて、嗚咽《おえつ》を堪《こら》えるように身体を震わせる。

だが、ヤシロは満足そうに、ふっと微笑んだ。

「よかった……。あなたも遺される側の気持ちを理解したんですね……。ならば、我々の研究は成果を得ました……。それに、死を恐れるというのは……文化の一つです……。あなたは鉱物の身でありながら……人の心を理解し、魂を得て……文化を持つことが出来たんですよ……」

穏やかな表情だった。非人道的な数多《あまた》の行為を為した人物の、唯一の共犯者へ向ける祝福の笑みであった。

「ヤシロ君……？」

ヤシロの唇は、それっきり動かなくなった。血の気も引き、急速に死に向かうのが分かる。

ミコトはヤシロに気を取られていた。彼を葬るのは容易であったが、レオンは引き金を引かなかった。ロビンもまた、エーテル・ドライブに手をかける様子はない。

破壊の王――それは間違いなく、得難いものに無邪気に手を伸ばし、人間を貪り尽くしたミコトだろう。それか、彼に手を貸したヤシロだ。

だが、彼らに幕が下りようとしているのに、その場にいる誰もがやるせない気持ちに囚《とら》われていた。

手を伸ばせる範囲の人達を幸せにする力があれば充分だと、母は言っていた。ならば、このままでは不充分だ。

「こんな結末は――だめだ……！」

遊馬は、気付いた時には動いていた。

ヤシロの胸に空いた深い傷を、血で濡《ぬ》れるのも構わずに両手で塞《ふさ》いでいた。

それでも、流れる血は止められない。遊馬の手のすき間から星晶石の塵《ちり》が入り込んでいるのか、傷口から徐々に結晶化が進んでいた。

「クソッ！」

レオンもまた、遊馬に手を重ねる。すき間を更に埋めようとするかのように。

「満足して逝《い》きやがるなんて許さねぇ！　テメェは自分の好奇心で俺達を巻き込みやがったんだ！　何らかの形で償いやがれ！」

　レオンもまた、ヤシロを死なせまいとする。もう、誰かがいなくなって幕引きになるのは嫌なのだろう。

　それでも、塵は容赦なく入り込み、ヤシロの傷口に結晶の森を築き上げていく。どんなに抑えようとしても、二人の手は結晶に押し戻されてしまう。

「ヤシロ、死ぬな！　お前が感じた喪失感を、相棒に味わわせる気か！」

　ロビンもまた、遊馬とレオンの手の上に自分の手を重ねる。

「お前は結果を一つ手に入れたからって、研究をやめるような男じゃないだろう！　せっかく見つけた相棒と、もっとやれることはあるはずだ！」

　ロビンは必死に呼びかける。だが、ヤシロの出血は止まらず、傷口を覆う結晶を赤く染め上げていた。

「ミコト！　何か方法はないのか！　君は、ヤシロさんにいなくなって欲しくないんだろ!?」

　遊馬は、気付いた時にはそう叫んでいた。

　ミコトはハッとして、顔を上げる。

「でも、僕達は彼を侵食してしまう……！」

莫大《ばくだい》な電力を生み出し、概念に干渉して魔法のような力を行使し、ワームホールを発生させ、意思を持つという恐ろしい鉱物なのに、人間一人も救えないのだろうか。

いいや、そんなはずはない。

「じゃあ、他のものに干渉は出来ないのか⁉ 君達は、この三次元にだけ干渉出来るわけじゃないんだろう？ それこそ、時間を戻すとか――」

「時間は四次元の軸だと聞いたことがあった。星晶石ならば干渉出来るかもしれない。時間は、一方にしか流れない。僕でも、戻すことは出来ない……」

「それも、そうか……」

確かに、そんなことが出来たら神と同じか。

遊馬は別の方法を模索しようとする。しかし、ミコトの言葉には続きがあった。

「エントロピーを逆行させ、状態が変化する前には戻せるかもしれない」

「本当に……⁉」

「その代わり、僕の仲間――星晶石をどれだけ消費するか分からない。下手をしたら、この鉱脈を全て使ってしまうかもしれない……」

即ち、新たなる鉱脈が見つかるまで、星晶石の力は借りられないということだ。プラントも停止し、エーテル・ドライブも使えなくなる。

遊馬は、レオンとロビンを見やる。だが、彼らの覚悟は決まっていた。

「もとより、星晶石発電から切り替えるつもりだった。代替の発電機は揃って来たし、そのタイミングが今でも構わない。今まで戦って来た相棒を持てなくなるのは、寂しいけどな」

レオンは地に落ちた双銃を見やり、了承する。

「我々は……一度星晶石から離れた方がいいだろう。そこで今一度、星晶石とどう向き合うかを議論した方がいいと私も感じている。星晶石だけじゃない。この星の今の環境と真正面から向き合って、何が最良なのかを導き出したい」

ロビンの目にも覚悟が宿っていた。アルカを支配してきたクルーガー家の一人としての言葉なのだろう。

ミコトは、遊馬の方を改めて見やる。遊馬は静かに頷《うなず》いた。

「君達は、大変なことをしてしまった。でも、ここで終わったらそれまでだと思うんだ。せっかく人の心を理解したんだ。その先に道を、続けて欲しい」

「そうだね……。僕達は、多くの人をこんな気持ちにさせてしまったんだ。僕達なりの、穴埋めをしたいな……。ヤシロ君と――一緒に」

その言葉を最後に、ミコトは深く息を吐くと、ヤシロに片手をかざした。周囲の星晶石が、そして、ヤシロの身体を蝕《むしば》んでいた結晶が、激しく輝く。

「三人とも、離れていて」

ミコトの言葉に従って手を離した瞬間、ごうっと風が遊馬達を過《よ》ぎった。煌《きら》めくそれは、大量の星晶石の塵だった。

「外の塵が集まってるのか。リュミエールさんの時みたいに……！」

いや、その時の比ではない量だ。激しく瞬く濃密な星晶石の塵は、あっという間にミコトとヤシロを、そして、遊馬達を包んだ。

「ユマ！」

「レオン、ロビン！」

お互いが離れ離れにならないように、三人は固く手を繋《つな》ぐ。

もはや、どちらが上でどちらが下か分からない。無数の星が瞬く、宇宙に放り出されたかのようだ。

「……綺麗《きれい》だな」

レオンは無数のきらめきを前にして、そう呟《つぶや》いた。

「うん。そうだね……」

銀河の中心とは、このような感じなのだろうか。そしてそんな銀河が無数に存在する宇宙に、遊馬が住む地球も、レオン達が住む星も存在している。繋がりが希薄だと思っていた異世界は、急に手が届くような場所にあるように感じた。

輝く星晶石に取り囲まれながら、遊馬は星々が浮かぶ宇宙に想いを馳《は》せたのであった。

坑道にあった結晶は、夢のように消えていた。

坑道から出た遊馬達を迎えたのは、暖かい光であった。

「太陽だ……！」

頭上を見上げ、レオンが感嘆の声をあげる。

中層や上層の大地のすき間から見える空は、目覚めるほどに青かった。遊馬の世界と同じくらいの大きさの太陽が、鋼鉄で出来た都市を照らしている。

「そうか。上空の塵も使ったのか……！」

ロビンもまた、眩《まぶ》しそうに目を細める。

彼らにとって、初めての太陽だった。正確には太陽ではなくて、太陽に似た条件の恒星だろうが。

文献や映像の中でしか見られなかった恵みの天体を、彼らは感慨深い面持ちで見つめていた。

遊馬は、深呼吸をする。ひりつくような感覚もなくなり、澄んだ風が髪を撫《な》でていった。

「これならば、太陽光発電も出来るね」

「ああ。充分過ぎるほどだ。それに、屋外で作物を育てられる……」

兵器が使えなくなり、太陽が戻って、レオンは今度こそ農家に戻れるのだ。なにかを壊す必要はなく、なにかを作ることに専念出来るのだ。

「ミコト」

遊馬が振り返ると、ミコトが佇《たたず》んでいた。

彼は、残った片腕でヤシロを抱えている。ヤシロは気を失ってはいるものの、傷は塞がって安定したリズムで胸を上下させていた。

「君はこれから、どうするの？」

「……まずは、この都市を離れようと思う。この都市にはもう、星晶石の居場所はないからね。ヤシロ君と二人で旅に出て、何が出来るか考えるよ。僕達は多くの人間に喪失感を味わわせてしまった。あんな気持ちにさせた償いは、何らかの形でしたいと思う……」

「そっか……」

「共存の夢を諦《あきら》めたわけじゃないんだ。でも、他にやり方があると思って。リュミエール君が本当に目指したのは、ああいう形じゃないんだろうというのは、何となく理解が出来たし」

「うん……。僕もその道を探ってみるよ。僕達の星にも、星晶石はあるから」

「ありがとう」

ミコトは微笑む。片腕のない痛々しい姿であったが、その笑顔は今までのどんな時よりも穏やかであった。

「共存の道は、我々も考えよう。いつか、お互いが正しい形で手を取り合えることを願うよ」とロビンも言った。

「元気でな」

レオンもまた、立ち去ろうとするミコト達を見送る。ミコトは踵《きびす》を返したものの、「あ、忘れてた」と欠けた右腕に手を伸ばす。

「ミコト？」

「ユマ君。これ、使って！」

ミコトは右腕から手のひらくらいの大きさの星晶石をもぎ取ると、遊馬に向かって放り投げた。

「えっ、ちょっと！」

「僕は一度、君をこちらに導いている。僕の欠片《かけら》が君の帰り道を示すだろう。僕の一部だし、君が願うだけで戻れるはずだよ。還《かえ》る時は、それを使って」

「あ、そっか……」

アルカの星晶石が失われ、代わりに太陽がもたらされた。人々は努力の末、侵食を防ぐワクチンを開発し、厳しい世界の環境に適応しようとしている。

巫女《みこ》が出来ることは、もう無かった。

「それじゃあ、またね」

ミコトはそう言うと、ヤシロを抱えてアルカを去る。彼はもう二度と、振り返らなかった。

EPILOGUE

要塞《ようさい》都市アルカのシンボルであった巨大なプラントとその冷却塔は、辛うじて残っていた星晶石を使い果たすと、煙を吐き出すのをやめて停止した。

人々は都市のあらゆる倉庫に保管されていた前時代の太陽光パネルをかき集め、都市の外に展開した。青空の下では、風車が時折休みながらも、心地よさげに回っていた。

拘束されていた侵食者は、治療薬のお陰で一命を取り留めた。中には身体の一部を失った者もいたが、彼らの家族や友人は、彼らが生きていることに感謝をした。

都市の周囲は一時的に塵《ちり》が晴れたが、世界ではまだ、星晶石の塵があちらこちらに漂っている。風向きによっては、また、流れてくる可能性があった。

そんな事態にも備え、かつ、他の都市との交易も視野に入れ、都市の住民にはワクチンが打たれた。

ワクチンの効果は、坑道の中で実証済みだった。他の都市と繋がれば、更に多くの人間が助かるだろう。

「ユマ、行くのか」

都市の前でレオンは遊馬に問う。その足元では、スバルがちょこんとお座りをして遊馬のことを見つめていた。

アルカ全体がよく見える、壁の外に彼らはいた。遊馬とレオンが初めて出会った場所だ。

「うん。もう、僕がここでやれることはないよ。それに、僕もやるべきことがあるから」

「そうか……」

「ミコトが言ってたでしょ。僕達は同じ宇宙の中にいるんだ。遠く離れているかもしれないけど、絶対に会えなくなるわけじゃない」

何万光年・何億光年離れているか、全く想像がつかない。生きているうちに再会出来ない距離かもしれない。

だが、同じ宇宙の中にいるというだけで、遊馬は彼らを身近に感じられた。

「ならば、俺達は常に星が見えるよう、晴れた空を保とう。それならば、いつでも会える」

「そうだね。僕も、向こうに還ったら毎日夜空を眺めるよ」

遊馬とレオンは握手を交わす。その様子を、ステラは満足そうに眺めていた。

「うーん。星を超えた友情はいいわね。早くこっちの環境を整えて、宇宙開発でも再開して欲しいわ。私はユマの星の鉱物を採集したいし」

「はは……、相変わらずだね。鉱物、持って来ればよかったかな」

「いいのよ。私が行かなきゃ意味ないし。そう言えば、橄欖石《かんらんせき》はあるの？　マントルを構成しているやつ」

「えっと、八月の誕生石かな。うん、あるけど」

「その辺は変わらないのね。でも、ちょっとだけ組成が違うのかしら。んー、ますます拾いに行きたい……」

「……ユマについて行くなよ」

レオンは、そわそわするステラの首根っこをむんずと掴《つか》んだ。

遊馬はつい、苦笑を漏らす。その様子をナナシが見つめていた。

「ナナシさんは……」

「私は、ここに残るよ。私はまだ、ここでやるべきことがあるから」

「もう、治療薬もワクチンも出来たのに？」

「ああ。この世界は問題が山積みだ。太陽がまた隠れる可能性がある以上、発電施設だって心許《こころもと》ない。科学技術は彼らの方が優れているが、私は彼らが見落としているアイディアを提供出来る。彼らのために、ここに残るよ」

「……そっか」

「それにこの世界は、地球の未来の姿だったかもしれないんだ。ミラビリサイトの重要な研究結果は、全てここにある。今は、地球の人々に触れさせないようにしよう」

ナナシはそう言って、自分のこめかみをトントンと叩《たた》く。

「そう、だね……。地球には、安定した太陽光だってあるし、自然の力を使った発電はこれからも研究されそうだしね」

「ああ。自然と共存し、持続可能な社会を目指しているのに、それを妨げることは出来ない。私も、目先の好奇心でそれを見誤っていたんだ」

「……父さんは、そんな自分への罪滅ぼしで残るの？」

「いいや。純粋に、この世界の人達の役に立ちたいのさ。遊馬の未来はもう、遊馬が自分で切り開けるから」

ナナシは——父は遊馬の頭をポンと撫《な》でると、そのまま、踵を返して背中を見せてしまった。

「母さんには、『会えてよかった。今までありがとう』と伝えてくれ」

「うん。分かったよ、父さん」

それが、父と子の最後の会話だった。

ナナシがいつから父の記憶を取り戻していたのか。それとも、最初から父の記憶があったのかはわからない。

だが、父はナナシとしてアルカの世界に残ることを決したのだ。息子の成長を、見届けたから。

遊馬は、ミコトの欠片をぎゅっと握る。これ以上いると還《かえ》る決意が鈍ってしまう。

「ワンワン！」

スバルは遊馬を激励するように吠《ほ》える。

レオンとステラの背後では、ロビンやドミニク、そして、アルカの人々が見守っていた。ケビンは「ふえぇ、絶対にユマの等身大の銅像を作るからなー」と号泣し、シグルドに宥《なだ》められていた。

「僕のグッズ、もう増やさなくていいから！　今度来た時に僕の顔がプリントされたTシャツが普及していたら、この都市から猛ダッシュで逃げるよ！」

「わかった！　パーカーにする！」

「グッズのランクを上げて欲しいわけじゃないからね⁉」

これ以上いると、新たなグッズを閃《ひらめ》かれてしまう。

遊馬は元いた世界を思い描いた。すると星晶石が輝き、遊馬の身体を包み込む。

「レオン、みんな！　また！」

「ああ。また」

再会の約束を交わし、遊馬はみんなに、そしてアルカに手を振った。

ずらりと並んだ風車が陽光を浴びながら、めいっぱい手を振ってくれているように見えた。

虹色《にじいろ》の光と、独特の浮遊感が遊馬を支配する。

光が収まり、足の裏に確かな感触が戻ったと思ったら、見慣れた天井が目に入った。

「僕の、部屋だ……」

見慣れているはずの部屋だが、やけに懐かしく思えた。部屋のデジタル時計を見たが、ミコトに誘われてから数時間しか経っていなかった。

「夢でも見ていたみたいだ」

手の中の星晶石は消えていた。

ポケットの中にある小瓶の中の星晶石もまた、無くなっていた。ワームホールを発生させるのに、全て使ってしまったらしい。

寂しさが急に遊馬を襲う。もし、全てが数時間のうちに見た夢だとしたら？

レオン達と再会せず、父は行方不明のままで、アルカは太陽を取り戻していないことになる。

「うわっ」

開けっ放しの窓から、夜風が入り込んだ。遊馬は思わず、翻ったスカートを押さえる。

「ん？」

遊馬は強烈な違和感に気付く。自分の姿を改めて見てみると、民族衣装風のワンピースをまとっていた。

「み、巫女《みこ》服を着たまま還って来ちゃった……！」

当然、遊馬が着ていった服は、アルカに置きっ放しだ。なんという間抜けな忘れ物だろう。

しかも、靴を履いたままだった。部屋の中を歩き回るたびに、どたどたと足音が響き、砂がぱらぱらと落ちる。

「……夢じゃ、なかったんだよね」

フローリングの床に落ちた砂を、人差し指で掬《すく》った。乾ききって細やかな砂は、水が潤沢な日本では見たことがない。

遊馬は、靴についた砂を小瓶に詰める。開けっ放しの窓から、空を見上げた。

よく晴れ渡った夜空であった。星が宝石のように、キラキラと輝いていた。

輝いているのはほとんどが恒星だ。そのうちのどれかが、レオン達の星にとっての太陽なのかもしれない。

「服、ちゃんと取りに行かなきゃな」

そして、今度こそ巫女服を返さなくては。ケビンが自分のグッズを展開していないか、確認しなくてはいけない。

遊馬がレオン達と出会えたのは、奇跡に近いだろう。しかし、二度も会えたのだ。きっとまた、会えるに違いない。

今度は自分で会いに行く方法を模索しなくては。それこそ、猛勉強をして宇宙開発に関わってみようか。

遊馬はしばらくの間、空の向こうにいる友人のことを胸に、自分の未来を思い描いていたのであった。

本書は書き下ろしです。
この作品はフィクションです。実在の人物、団体等とは一切関係ありません。

要塞都市《ようさいとし》アルカのキセキ

結晶世界《けつしようせかい》のキズナ

蒼月海里《あおつきかいり》

令和4年 6月25日 初版発行

発行者●青柳昌行

発行●株式会社KADOKAWA
〒102-8177 東京都千代田区富士見2-13-3
電話 0570-002-301(ナビダイヤル)

角川文庫 23224

印刷所●株式会社暁印刷
製本所●本間製本株式会社

表紙画●和田三造

ISBN 978-4-04-111882-5 C0193

角川文庫発刊に際して

角川源義

第二次世界大戦の敗北は、軍事力の敗北であった以上に、私たちの若い文化力の敗退であった。私たちの文化が戦争に対して如何に無力であり、単なるあだ花に過ぎなかったかを、私たちは身を以て体験し痛感した。西洋近代文化の摂取にとって、明治以後八十年の歳月は決して短かすぎたとは言えない。にもかかわらず、近代文化の伝統を確立し、自由な批判と柔軟な良識に富む文化層として自らを形成することに私たちは失敗して来た。そしてこれは、各層への文化の普及滲透を任務とする出版人の責任でもあった。

一九四五年以来、私たちは再び振出しに戻り、第一歩から踏み出すことを余儀なくされた。これは大きな不幸ではあるが、反面、これまでの混沌・未熟・歪曲の中にあった我が国の文化に秩序と確たる基礎を齎らすためには絶好の機会でもある。角川書店は、このような祖国の文化的危機にあたり、微力をも顧みず再建の礎石たるべき抱負と決意とをもって出発したが、ここに創立以来の念願を果すべく角川文庫を発刊する。これまで刊行されたあらゆる全集叢書文庫類の長所と短所とを検討し、古今東西の不朽の典籍を、良心的編集のもとに、廉価に、そして書架にふさわしい美本として、多くのひとびとに提供しようとする。しかし私たちは徒らに百科全書的な知識のジレッタントを作ることを目的とせず、あくまで祖国の文化に秩序と再建への道を示し、この文庫を角川書店の栄ある事業として、今後永久に継続発展せしめ、学芸と教養との殿堂として大成せんことを期したい。多くの読書子の愛情ある忠言と支持とによって、この希望と抱負とを完遂せしめられんことを願う。

一九四九年五月三日

深海カフェ 海底二万哩《マイル》

蒼月海里

水族館の先には、不思議なカフェが……。

僕、来栖倫太郎《くるすりんたろう》には大切な思い出がある。それは7年も前から行方がわからない大好きな“大空《おおぞら》兄ちゃん”のこと。でも兄ちゃんは見つからないまま、小学生だった僕はもう高校生になってしまった。そんなある日、僕は池袋のサンシャイン水族館で、展示通路に謎の扉を発見する。好奇心にかられて中へ足を踏み入れると、そこはまるで潜水艦のような不思議なカフェ。しかも店主の深海《ふかみ》は、なぜか大空兄ちゃんとソックリで……!?

角川文庫のキャラクター文芸

ISBN 978-4-04-103568-9

幽落町おばけ駄菓子屋

蒼月海里

妖怪と幽霊がいる町へようこそ

このたび晴れて大学生となり、独り暮らしを始めることになった僕——御城彼方《みじょうかなた》が紹介された物件は、東京都狭《はざ》間《ま》区幽落町《ゆうらくちょう》の古いアパートだった。地図に載らないそこは、妖怪が跋扈《ばっこ》し幽霊がさまよう不思議な町だ。ごく普通の人間がのんびり住んでいていい場所ではないのだが、大家さんでもある駄菓子屋“水無月堂《みなづきどう》”の店主・水脈《みお》さんに頼まれた僕は、死者の悩みを解決すべく立ち上がってしまい……。ほっこり懐かしい謎とき物語！

角川ホラー文庫

ISBN 978-4-04-101859-0

華舞鬼町おばけ写真館

祖父のカメラとほかほかおにぎり

蒼月海里

華舞鬼町《かぶきちよう》、そこはレトロなおばけの街

人見知りの激しい久遠寺《くおんじ》那由多《なゆた》は大学をサボったある日、祖父の形見のインスタントカメラを、なんとカワウソに盗まれてしまう。仰天しつつビルの隙間へと追いかけるが、辿り着いた先はアヤカシたちが跋扈《ばっこ》する別世界、『華舞鬼町』だった。狭間堂《はざまどう》と名乗る若い男に助けられた那由多は、祖父のカメラで撮った写真に不思議な風景が写っていたためにカワウソがカメラを盗んだことを知って……。妖しくレトロなほっこり謎とき物語。

角川ホラー文庫

ISBN 978-4-04-105486-4

モノノケ杜の百鬼夜行

蒼月海里

二人の少年と妖怪の、運命の出会い！

東京都台東区御森《みもり》。またの名をモノノケ杜《もり》と呼び、御神木に巫女が嫁入りしたという伝説があった。その末裔の百《どう》目《め》木《き》一華《いつか》は常世の者と心を交わし妖怪と暮らす少年。同じクラスに転校してきた藤《とう》谷《や》潤《じゅん》は森に迷い込んだところを一華に助けられ、仲良くなりたいと思う。しかし、なぜか「僕に近付かないように」と言われてしまう。それでも諦めず一華の家に通うのだが……。二人の少年と仲間の妖怪たちによる、怪事件謎解き青春物語。

角川ホラー文庫

ISBN 978-4-04-109777-9

モンスターと食卓を

椹野道流

うちに帰って、毎日一緒にごはんを食べよう。

神戸の医大に法医学者として勤める杉石有《すぎいしなお》には、消えない心の傷がある。ある日、物騒な事件の遺体が運び込まれる。その担当刑事は、有の過去を知る人物だった。落ち込む有に、かつての恩師から連絡が。彼女は有に託したいものがあるという。その「もの」とは、謎めいた美青年のシリカ。無邪気だが時に残酷な顔を見せる彼に、振り回される有だけど……。法医学者と不思議な美青年の、事件と謎に満ちた共同生活、開始！

角川文庫のキャラクター文芸

ISBN 978-4-04-107321-6

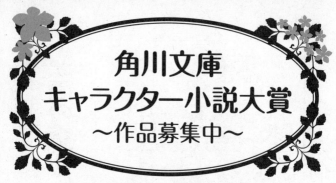